KB206911

믿을 수 없을 정도로 멀고
놀랍도록 가까운

믿을 수 없을 정도로 멀고 놀랍도록 가까운

토릴 아이데 글 | 모명숙 옮김

1

감자를 삶는 일은 늘 내 몫이었다. 더 어렸을 때는 감자만 삶아 놓으면 되었다. 그러면 엄마가 집에 와서 생선이나 훈제 소시지를 구웠다. 달걀 프라이만 있을 때도 많았다.

나는 부엌에 있는 높은 의자에 앉아 엄마가 요리하는 것을 지켜보았다. 그다지 어려워 보이지는 않았다. 그래서 점점 다른 요리도 내가 떠맡았다.

식탁은 나무랄 데 없이 잘 차려졌다. 네 시 반경 엄마가 퇴근할 때쯤이면 촛대에 촛불도 하나 켜 놓는다. 그러면 엄마는 지친 얼굴로 연기가 자욱한 프라이팬을 들여다볼 필요가 없다. 또 더 이상 신경질적으로 바삐 움직이면서 머리를 쓸어내리며 오늘은 너무 피곤해서 저녁을 차릴 힘조차 없다고 말하지 않아도 된다.

처음에는 소시지를 태우거나 생선 토막을 제대로 익히지 못하기 일쑤였다. 그래도 내가 식사 준비를 해 놓으면 엄마는 기뻐했다. 엄마가 좋아하는 모습은 내게는 선물과도 같았다. 나는 요리책을 뒤적거리기 시작했고, 아침에 눈뜨자마자 요리를 생각했다. 뿐만 아니라 영어 수업을 들을 때나 체육 시간에 배구 시합을 하면서도 요리를 생각했다. 운동장에서 다른 아이들과 함께 있을 때도 마찬가지였다.

이제 내가 늘 감자만 삶아 놓는다는 말은 맞지 않다. 나는 쌀로 재미있는 음식도 만들고, 스파게티도 만들 줄 안다. 또 샐러드와 팬케이크도 만들 수 있다. 엄마가 좋아하는 모습을 보면 여전히 음식을 만드는 게 신난다. 그런데 엄마는 더 이상 기쁨을 강하게 표현하지 않는다. 언제부터인가 엄마가 집에 올 때쯤 식탁에 음식이 차려져 있는 건 당연한 일이 되었다. 나는 종종 엄마가 입속에 무슨 음식을 넣고 씹고 있는지 전혀 모르고 있는 게 아닌가 하는 느낌마저 든다.

아빠는 건축가였다.

유리 액자 속에 들어 있는 아빠 사진이 내 방 벽에 걸려 있다. 까만 머리와 짧게 자른 수염에 진지한 표정이 담긴 갸름한 아빠 얼굴을 감싸고 있다.

나는 아빠의 사진 앞에 종종 서 있곤 한다. 그러나 보이는 것은 아빠의 얼굴이 아니다. 반짝이는 유리에 반사된 내 얼굴이다. 나를 뚫어지게 바라보고 있는 것은 다름 아닌 가느다란 내 갈색 눈이다.

아빠는 스물여덟 살 때 교통사고로 세상을 떠났다. 그때 나는 일곱 살이었고, 학교에 입학한 지 겨우 한 달 된 아이였다.

나는 또 다른 아빠의 사진도 갖고 있다. 이 사진은 일기장에 몰래 숨겨 둔 것인데, 아빠가 고향에 있는 팝 음악 밴드에서 베이스기타를 연주했던 시절에 찍은 사진이다. 사진 속의 아빠는 꼭 끼는 청바지를 입고 두 다리를 벌리고 서서 손에 기타 줄을 잡고 가슴 위까지 셔츠를 풀어 헤쳤다.

하지만 이건 아빠가 아니다.

아니, 아빠의 얼굴이기는 하다. 수염 없는 얼굴, 엉킨 머리, 감은 눈, 반쯤 벌어진 입. 고통을 표현하고 있는 걸까?

이 사진에서는 내 모습이 반사되지 않는다. 이 사진을 보면 나는 흥분이 되고 태연함을 잃게 된다. 사진 속의 아빠는 지금의 나보다 겨우 네 살 더 많다. 여기 이 사람은 내 아빠가 아니다.

아빠는 엄마와 결혼하면서 밴드를 그만두었다. 그런데 아빠는 정말 음악도 그만두었을까?

엄마와 나는 천장이 높은 집에 살고 있다. 폭이 좁은 큰 방 창문들은 거의 천장까지 닿는다. 양탄자를 깐 뒤부터는 웬만해서는 발이 시리지 않다. 하지만 내 손은 늘 차갑다. 내 재킷은 너무 오래 입은 탓에 소매 끝이 거의 닳아 볼품이 없다. 나는 소매 주위를 연신 잡아당겼다.

"자꾸 어깨를 웅크리지 마."

나는 내가 어깨를 웅크린다는 걸 전혀 몰랐다. 춥다고 느끼지도 않으면서 말이다.

부엌은 따뜻하다. 엄마와 나는 부엌에 있는 밝은 색의 작은 나무 식탁에 서로 마주 보고 앉아 있다. 야채 수프에서 모락모락 나는 김이 콧속을 간질인다. 엄마는 오늘 사무실에 상담하러 찾아온 사람들에 대해 이야기를 늘어놓는다. 말을 하다가 간혹 한숨을 짓거나 어깨를 으쓱할 때도 있다. 오늘은 조금 웃기도 했다. 엄마와 나는 이렇게 함께 앉아 다른 사람들에게 생기는 수많은 우스운 문제들을 조롱하듯 웃는다.

엄마와 내게는 그런 문제들이 없다.

지금처럼 엄마와 내가 야채 수프를 한 방울도 남기지 않고 샅샅이 핥아 먹고, 그런 다음 곧장 오븐에서 팬케이크를 꺼내 먹을 때도 우리에게는 아무런 문제가 없다.

또 엄마와 내가 여러 선생님들의 웃기는 발음을 흉내 내며 함께 배꼽을 잡고 웃거나 설탕에 절인 월귤나무 열매 때문에 이빨이 파래질 때도 우리에게는 문제가 없다.

팔월의 어스름이 창문 아래 깊숙이 뒤뜰로 내려앉는 동안, 엄마와 내가 배가 잔뜩 불러서 기분 좋게 몸을 뒤로 기댈 때도 우리에게는 아무 문제가 없다.

그러나 식사를 마치고 방으로 돌아가면 춥다는 느낌이 다시 밀려들었다.

내일은 숙제가 엄청 많다. 영어, 수학, 역사. 목요일까지 작문도 끝내야 한다.

학교에 다시 가야 한다는 건 괴로워. 선생님이나 숙제나 쓸데

없는 일들로 가득한 학교에 적응한다는 건 힘든 일이야. 그런 것들 때문에 내가 더 위축된 것 같아.

나는 방 한가운데 서 있다.

춥다. …… 그래 …… 내가 어깨를 웅크리는 게 맞다.

우리 집에서는 내 방이 가장 작다. 옛날에는 소녀의 방이었는데, 그것은 하녀의 방이란 뜻이었다. 하기야 지금도 내가 쓰고 있으니까 소녀의 방이기는 하다. 그러나 그 의미는 예전과는 완전히 다르다.

내 방은 작고 폭이 좁지만 천장이 엄청나게 높다. 우리가 이 집에 이사 왔을 때 아빠가 처음으로 한 일은 아마도 내가 편안히 잠잘 수 있는 침대를 손수 만들어 준 걸 거다. 내 침대는 이층 침대처럼 창문의 절반 이상 높이까지 닿는다. 그래서 내 잠자리는 저 위쪽에 있다. 커다란 매트리스가 그 공간을 거의 다 차지하고 있지만 작은 책장과 라디오도 그곳에 자리 잡고 있다.

침대 아래쪽에는 책상이 있고, 문 옆쪽 구석에는 소파와 작은 탁자가 놓여 있다. 또한 낡은 안락의자도 우두커니 자리를 차지하고 있다. 다른 쪽 벽에는 전등과 커다란 붙박이 책장 그리고 포스

터와 그림들이 걸려 있다.

나는 내 방이 좋다.

지금처럼 침대에 배를 깔고 등이 천장을 향하게 누워 손으로 턱을 괴고 있을 때가 가장 좋다. 이렇게 누워 있으면 지붕들 너머로 하늘이 보인다.

푸른빛이 도는 보라색 기운이 서쪽 하늘에서 자취를 감출 때면 나는 슬그머니 잠 속으로 빠져 들어간다.

내 뒤쪽에서 방이 서서히 어둠 속에 잠긴다.

머리를 돌려 뒤를 바라보는 게 무서웠던 기억이 난다. 그 무서움은 이미 오래전에 떨쳐 버렸다. 어렸을 때 내가 만들어 낸 무서움이었다. 무서울 때면 나는 못 박힌 것처럼 저 밖의 빛만 바라보고 있었다. 그러다 보면 어느새 빛이 더 이상 보이지 않았다.

나는 침대에서 아빠를 소리쳐 불렀다.

아빠, 나 내려갈래!

엄마를 부른 적은 없었다.

왜 그랬을까? 엄마가 아빠보다 훨씬 작아서 내가 누워 있는 데까지 손이 닿지 않기 때문이었을까? 아니다.

아빠의 손에서 느껴지는 온기 때문이었다. 게다가 아빠는 내 발바닥을 살살 간질이고, 어둠 속에서 마법사처럼 재미있고 경쾌한 웃음소리를 냈다.

그래. 어디 우리 딸이 뛰어내릴 수 있는지 보자……. 넌 할 수 있어!

엄마라면 곧바로 불을 켰겠지. 그러고는 말없이 사다리 옆에 서서 내가 내려올 때까지 기다렸을 거야.

나는 한 번도 엄마를 부른 적이 없다.

나는 턱을 팔에 괸다. 아빠를 소리쳐 불렀을 때 내가 겁을 먹었다는 말은 맞지 않다. 정말이다. 아빠가 죽었을 때 처음으로 내 방 뒤에 있는 어둠이 무서웠다. 그래서 사라지는 빛에서 눈을 떼지 못했다. 몸이 마비되고 말문이 막혔다.

나는 여전히 목이 바짝바짝 타들어 가는 것을 느낄 때가 있다. 그럴 때면 급히 손을 뻗어 베개 옆에 있는 작은 스탠드를 켠다.

학교에서 가장 신나는 시간은 쉬는 시간이 끝나고 수업이 시작되기 바로 전이다. 아이들은 여럿이 모여 수다를 떨고 와자지껄 웃고 떠들면서 선생님이 오는지 보려고 계속 밖을 쳐다보았다. 그러다가 선생님이 교실로 막 들어올 때쯤이면 팔 하나를 어깨 위에 올려놓거나 손가락 깍지를 껴서 선생님의 등장을 알려 주었다.

내가 종합학교(실업학교와 인문계 중·고등학교를 통합한 학교-옮긴이)에 입학한 것은 눈사태 속에 파묻힌 것과 다름없었다.

나는 일주일 뒤 세 명의 여자 친구가 생겼다.

삼 주 뒤에는 남자 친구도 한 명 생겼다. 그 아이는 키가 작고 금발이었으며 나보다 두 줄 뒤에 앉아 있었다.

또 두 주가 지나면서 내 남자 친구는 스벤으로 바뀌었다. 나보다 머리 하나만큼 더 큰 스벤은 다른 반 아이였다. 스벤은 핸드볼에 관한 한 모르는 게 없는 전문가였다.

"그만!"

엄마가 내 말을 끊었다.

"핸드볼 얘기는 더 이상 듣고 싶지 않아. 그 아이 얘기라면 더는 도저히 못 듣겠어. 기분이 나빠지려고 해."

그때 엄마와 나는 부엌 식탁에 앉아 있었다. 늦가을이었다. 비가 유리창을 계속 두드리고 있었다. 지금도 기억이 선하지만 그때 엄마와 나는 무척 기분 좋은 시간을 보내던 중이었다. 적어도 나는 그렇게 생각했는데…….

그런데 엄마가 이렇게 느닷없이 화를 내면 내가 뭐라고 답해야 해? 속에서 화가 부글부글 끓었다.

나는 말없이 접시를 옆으로 치웠다.

엄마는 저녁 늦게 내 머리를 쓰다듬으며 미안하다고 말했다.

"네 기분을 상하게 할 마음은 없었어. 하지만 네가 남자 아이들과 극장이나 길거리를 쏘다니느라 학교 숙제를 완전히 내팽개친다고 생각하니 정말로 미칠 것 같아. 지금 네 나이에는 미래를 위해 계획을 세우고 준비를 해야 해. 물론 남자 아이에게 순간적으로 관심이 생길 수야 있겠지만 그렇다고 시간을 너무 빼앗기면 되겠니? 그런 데만 흥미 있으면 뭐가 되겠어?"

스벤이 어디 그냥 '어떤' 남자 아이인가?

내가 그런 데만 흥미가 있다고?

가능한 한 다른 아이들과 함께 있고 싶어 하는 걸 흥미라고 말한다면 맞는 소리다. 그것도 스벤과 함께 말이다.

"엄만, 내가 엄마처럼 재미없게 그냥 살기를 바래?"

결국 나는 엉엉 울며 이 말을 내뱉고 말았다. 확 튀어나온 이 말이 허공에 그대로 남아 있는 것 같았다. 엄마와 나는 오랫동안 몸을 부들부들 떨었다. 그러고는 침묵이 이어졌다.

"지금보다 더 재미있게 살아갈 힘이 없구나."

엄마는 이 말을 천천히 하고 잠깐 쉬었다 말을 이었다.

"나는 최선을 다하고 있어. 하지만 아빠가 없으니……."

"엄마……, 그런 말이…… 아니잖아."

엄마는 내 말을 다 듣지 않고 이미 방에서 나가 버렸다.

다음 날 나는 스벤이 늘어놓는 핸드볼 이야기를 그전처럼 신나게 들을 수가 없었다. 스벤의 이야기가 갑자기 시들해진 것 같았다. 일요일에는 스벤과 핸드볼 경기를 보러 가는 대신 엄마와 숲을 가로질러 산책을 했다. 멋진 소풍이었다. 지금도 눈에 선하다. 고무장화를 신고 딱딱하게 얼어붙은 눈 위를 마찰음이 날 정도로 열심히 걸었던 기억이 난다.

크리스마스 때까지는 스벤과 사귀었다. 그러고는 왜 그런지는 모르지만 모든 게 저절로 식어 버렸다. 나는 학교에서 스벤의 모습을 보지 못해 아쉬웠다. 스벤의 손과 팔과 웃음 그리고 거리낌 없는 우렁찬 목소리가 그리웠다. 나는 종종 운동장을 바라보며 파란색 청재킷을 걸친 익숙한 뒷모습을 찾아보곤 했다.

겨울과 봄은 다른 계절보다 마음이 들뜨지 않는다. 나는 수학과 물리를 배웠고 생물 때문에 진땀을 뺐다. 그리고 더 이상 잉에르와 카밀라와 함께 시내를 쏘다니지 않았다. 숙제를 하다가 너무 지겨워지면 책을 치우고 위쪽에 있는 침대에 누웠다.

여름 방학은 마음을 가볍게 해 주는 완화제와 같다.

여름 방학 동안 생필품 가게에서 했던 아르바이트는 무척 힘들었지만 기분 전환도 되었다.

또 산속에 있는 오두막 별장에서 엄마와 함께 보낸 시간은 지루하고 비 때문에 망치기는 했지만, 그래도 마음만큼은 편했다.

무엇보다도 가장 좋았던 것은 개학을 두 주 앞두고 시내에서 보낸 시간이었다. 잉에르는 물론이고 카밀라도 벌써 휴가를 끝내고 집에 돌아와 있었다. 엄마는 다시 직장 때문에 정신이 없었다. 나는 오전 내내 침대에서 뒹굴어도 되었다. 하루가 온통 내 앞에 놓여 있었다. 방해받지 않고 내 마음대로 할 수 있는 한가한 시간이었다.

나는 시내에서 잉에르를 만났다. 우리 손에는 커다란 아이스크림이 들려 있었다. 햇볕이 쨍쨍 뜨거웠다. 노상 카페로 가득 찬 길거리 어디서나 사람들이 넘쳤다. 줄을 선 노점상에서는 사람들이 물건을 사고파느라 활기가 넘쳤고, 거리에서는 악사들의 연주가 한창이었다. 이탈리아에서 휴가를 보내고 돌아온 잉에르는 짧은 머리에 햇볕에 그을린 갈색 어깨를 드러내고 있었다. 아무것도 중요해 보이지 않았다. 잉에르와 나는 바짝 붙어서 길을 따라 걸었다. 낄낄거리고 수다를 떨며 정신없이 돌아다녔다. 그리고 백화점 앞에서 마치 약속이라도 한 듯 카밀라를 만났다.

우리는 길거리 음식점에 앉아 콜라 세 잔을 시켜 놓고 두 시간을 보냈다.

나는 콜라가 반쯤 남은 잔을 들어 햇빛에 비추었다. 잔에 담긴 콜라가 금빛으로 번쩍이며 얼음 조각이 살짝 쨍그랑 소리를 냈다. 손바닥이 차가웠지만 쾌적함 때문에 몸을 일으키기 싫었다. 너무 열을 냈는지 몸이 더웠다.

이렇게 계속 지내는 거야. 겁먹을 거 없어.

"너희 새로 생긴 옷 집 가 봤니?"

잉에르가 카밀라와 내게 물었다.

"옷들이 얼마나 예쁜데……, 정말 안 가 본 거야?"

이 정도면 충분했다. 잉에르와 카밀라와 나는 당장 자리를 박차고 일어나 겉옷을 걸쳤다. 우리에게는 어떤 것보다 중요한 일이었다. 카밀라와 잉에르와 함께 있으면 기발한 아이디어가 넘쳐 정신이 하나도 없다. 우리는 상점들을 들락거리며 괴상한 옷가지들을 들고 탈의실을 드나들었다. 웃느라고 배가 아파 끙끙대기도 했다. 그러나 실제로 우리가 옷을 사는 일은 드물었다.

엄마와 함께 다니면 사정이 달랐다.

"원하는 걸 직접 골라 봐."

엄마는 늘 이런 식으로 말했다.

"물건 고르는 것도 알아야 해."

그렇지만 쉽지 않았다.

나는 엄마가 어떤 옷을 좋아하는지 너무 잘 알고 있다.

그런데 정작 나한테 어울리는 옷에 대해서 난 얼마나 잘 알고 있을까?

나는 긴 바지들이 쌓여 있는 곳을 머뭇거리며 둘러보았다. 쇼윈도에 걸려 있는 바지는 밝은 파스텔 색에 주머니가 많이 달려 있고 누빈 자국이 있었다. 폭도 다리가 꼭 낄 정도로 좁았다. 바지들이 쌓인 곳에 그 바지도 있었다.

"그거?"

엄마는 바지를 높이 들고 천의 재질과 색깔은 물론이고 가격표까지 꼼꼼히 살펴보았다.

“솔직히 말하면……. 이 바지는 여름이 끝나면 거들떠보지도 않고 아무 데나 뒹굴 게 뻔해. 내년이면 유행이 지나 입지도 못할 거고. 색깔은 또 어떻고! 나는 날마다 빨래할 시간 없어.”

그 다음 옷 가게에서 엄마는 알록달록한 인도산 천으로 만든 폭이 넓은 옷들을 보고 내게 물었다.

“필요한 옷 없니?”

이런 옷도 하나쯤 있는 건 괜찮지만 그렇다고 살 필요는 없다. 이런 옷들은 엄마의 옷장에 얼마든지 걸려 있다. 필요하면 엄마에게 하나 빌리면 된다.

“없어. 그런데 나 블라우스 사면 안 돼?”

블라우스라고? 저기 있는 면 스웨터가 훨씬 더 예쁠 텐데. 색깔도 곱네! 네 검은 머리에 딱 어울리니 입어 볼 필요도 없겠다. 그냥 사면 되겠네. 뭐, 암청색이 곱다고? 하나도 산뜻하지 않은데. 차라리 포도주처럼 빨간색은 어때? 아니면 올리브 같은 황록색이나…… 새빨간 스웨터는 어때?

엄마의 잔소리가 시작된다.

나는 서랍장에 티셔츠가 잔뜩 있다. 그리고 아주 무난한 청바지도 적어도 세 벌은 있다.

이 더운 여름날에 카밀라와 잉에르와 함께 다니면 지갑 속에서 돈이 들썩거린다. 나에게는 물건에 가격표를 붙이고 선반을 정리하는 아르바이트를 해서 번 돈이 있다. 난생처음 가져 본 큰돈이지만 그 돈은 완전히 내 것이다.

새로 생긴 옷 가게에는 바지 정장이 걸려 있다. 목 부분에 뜨개질 된 끈이 달린 핑크색 정장이다. 잉에르가 먼저 이 옷을 입어 보았다. 엄청 잘 어울렸다. 정말이다. 카밀라도 입어 보겠다고 했다. 나는 급할 게 없었다. 이 옷은 결국 내 것이 되리라는 걸 알고 있으니까. 오늘 돈이 있는 사람은 나밖에 없다.

나는 흰색 블라우스도 샀다. 얇고 부드럽고 여성스러운 옷이다. 그러나 집으로 가는 도중에 엄청 큰 쇼핑 가방이 흔들거리며 다리에 부딪치자 커다란 흥분과 열광이 사라졌다.

바지 정장 한 벌에 그 많은 돈을 쓰다니. 게다가 이 블라우스는…….

상표에 합성 섬유라고 적힌 것을 보면 엄마가 무슨 말을 할지 궁금했다. 엄마는 면제품만 선호하는 사람이니까!

이건 내 돈이고 내 취향이야!

그런데 카밀라와 잉에르가 함께 있지 않았다면?

나는 집으로 가는 내내 이런 생각을 했다.

두 달 뒤에도 핑크색 바지 정장은 여전히 옷장에 걸려 있다. 가을에 입기에는 천이 너무 얇았다. 나는 속상한 마음에 옷장을 열어 본다.

얼마나 바보 같은 생각이었나! 하지만 이 바지 정장 때문에 또 얼마나 기뻤는지 모른다.

우리 집 뒤뜰에는 빨래 건조대와 쓰레기통이 놓여 있고, 그 구석에 모래 상자와 벤치가 놓여 있다. 그리고 한가운데 자작나무가 한 그루 서 있다. 자작나무는 밟아 다진 흙을 뚫고 똑바로 높이 자라 잎이 빽빽할 정도로 무성하다. 내 방 창문에서는 자작나무 잎들이 시드는 것을 볼 수 있다. 잎사귀는 금세 노랗게 된다. 처음에는 몇 개의 잎들이, 그 다음에는 점점 더 많은 잎들이 물들다가 마침내 나무 전체에 금갈색 단풍이 든다.

자작나무는 왜 날마다 조금씩 시드는 걸까? 왜 늦가을이 닥치기 전에 빨갛게 이글거리며 활활 타오르지 못할까?

가을의 나무는 슬프다.

반면에 봄에는…….

“네 가을 방학 때 이틀 정도 휴가를 낼 수 있을 것 같아. 우리 오두막에 갈까? 어때?”

“정말? 좋아!”

오두막은 내가 무척 좋아하는 따뜻한 은신처이다. 산속에 있는 오두막 주위에는 온통 너른 황야가 펼쳐져 있고 작은 개울들이 흐르고 있다. 또 비가 올 때 생긴 나지막한 습지가 있고, 바람을 막아 줄 수 있을 정도로 파인 구덩이에는 작은 자작나무들이 난쟁이처럼 빼곡히 자라고 있다. 이것 말고도 기형적으로 자란 녹청색 버들가지와 부드러운 이끼들도 있다.

나는 오래전에 할머니와 함께 오두막에 갔던 일을 또렷이 기억한다. 할머니와 나 그리고 엄마와 아빠가 함께 그곳에 있었다.

근데 왜 할머니는 이제 오두막에 오시지 않는 걸까?

“엄마, 집에 돌아가는 길에 할머니 집에 들를 수 있어? 안 간 지 너무 오래되었잖아.”

“여름에 갔었잖아.”

"겨우 닷새였어! 그건 간 것도 아니야!"

"할머니께 들르려면 너무 돌아가야 해."

"그래도 괜찮아. 할머니가 다시 오두막에 오시면 좋을 텐데? 여름에 길이 마르고 개울물이 따뜻해지면 말이야."

"그래. 그때 가서 생각해 보자."

매번 이런 식이다. 나는 엄마와 내가 할머니 집에 가지 못하리라는 걸 진작부터 알고 있다. 그리고 엄마가 할머니를 더 이상 산속의 오두막에 초대하지 않는다는 것도 잘 알고 있다. 그러나 왜 그래야 하는 건지…….

나는 왠지 모르게 반발하고 싶었다.

"그럼 잉에르를 초대해도 돼? 더 이상 할머니가 오시지 못한다면 다른 사람이라도 초대했으면 좋겠어. 이번 한 번만 응?"

엄마는 소파에서 일어나 등을 돌린 채 한동안 창가에 서 있다.

"벌써 어두워지네."

엄마는 혼잣말을 중얼거리며 손을 뻗어 블라인드를 내렸다. 그러고는 내 쪽으로 몸을 돌리며 말했다.

"물론 잉에르를 데려갈 수 있어. 하지만 아제를 데려가는 게 더 좋지 않을까? 잉에르는 엄마가 잘 모르잖아. 아제야 물론……."

"엄마, 아제를 못 본 지 거의 일 년이나 됐어. 엄마도 알잖아 학교가 다르면 계속 연락하기 어렵다는 거."

"그래, 그래. 나도 알아. 하지만…… 며칠만이라도 난 너와 단둘이 있었으면 좋겠어. 보통 때는 함께 할 시간이 너무 적잖아. 여름휴가 때 함께 보내서 얼마나 좋았는지 생각해 봐. 나와 너 단둘이 말이야!"

나는 고개를 끄덕인다.

괜히 일었던 부아가 그냥 가라앉는다.

내가 하려고 했던 말은 다 어디로 사라진 걸까?

엄마가 내 말문을 완전히 막아 버린다.

할머니는 아빠의 엄마다. 커다란 호수의 북쪽 끄트머리에 살고 있다. 차는 어느덧 방향을 바꿔 동쪽 길로 접어들더니 다시 숲이 우거진 계곡을 지나 북쪽을 향해 달렸다. 네 시간 뒤 우리는 산에 도착했다.

엄마와 나는 길이 끝나는 주차장에서 다시 한 시간을 더 걸어가야 했다. 엄마와 내가 주차장에 도착했을 때는 시간이 꽤 늦었다. 고원 어디나 안개가 자욱했다.

자동차 시동을 끄자 정적이 이어졌다. 고요한 가운데 빗방울이 자동차 지붕에 부드럽게 떨어지는 소리가 났다. 줄곧 앉아 있어 지친 나머지 나는 따뜻한 차 안을 떠나고 싶은 마음이 전혀 없었다.

"비옷을 입으렴. 그냥 뒤집어쓰기만 하면 돼."

하지만 이렇게 말하는 엄마의 목소리는 그다지 설득력이 없었다.

엄마와 나는 무거운 배낭을 짊어진 채 걷기 시작했다. 나는 우리가 가져온 먹을 것과 난로의 온기를 생각하며 열심히 걸었다.

이 산에는 왜 이렇게 늘 비가 오는 걸까? 그러니 다시 찾아온 기쁨을 어떻게 느끼겠어?

기쁨은 서서히 찾아든다. 쿵쿵 울리는 땅바닥에 발이 익숙해지고 부드러운 회색빛에 눈이 적응된 뒤였다. 우울하고도 고요한 기쁨은 저 밖 어딘가의 습지에서 물떼새가 한없이 울어 대는 슬픈 울음소리로 인해 더욱 커졌다. 그리고 이 냄새. 나는 이 냄새를 완전히 잊고 있었다. 그 냄새가 다시 내게 밀려왔다. 젖은 이끼와 썩고 있는 바닥과 습지에서 풍기는 시큼한 냄새였다. 잿빛 바위에서 풍겨 오는 냄새이기도 했다.

그래, 다시 마음이 즐거워진다. 온기도 느껴진다. 땀내가 온갖 다른 향내와 살짝 섞였다.

나도 그 세계의 하나다.

엄마와 나뿐이다.

엄마와 나는 저녁 늦게 벽난로 앞 안락의자에 웅크리고 앉아 있다. 장작불은 사그라져 숯덩이가 되었다. 의자 등받이 뒤쪽 어둠 속에는 축축한 한기가 여전히 배어 있어서 내가 몸을 움직이면 언제라도 뼛속까지 스며들 것 같았다.

나는 몸을 움직이지 않았다.

나는 안락의자에 조용히 파묻힌 채 온기를 내뿜는 벽난로 안을 뚫어지게 바라보았다. 다시 어린 시절로 돌아간 것 같다. 작은 몸을 웅크린 채 엄마의 일이 끝나기만을 기다리던 때처럼 말이다. 그러면 엄마는 미리 이불을 따뜻하게 펴 놓고 미지근한 물을 세숫대야에 부은 다음 잠옷과 털양말을 가져왔다.

엄마는 안경을 벗고는 눈을 문지르며 말했다.

"더는 안 되겠어. 여기 불빛으로는 글을 읽기 어렵구나. 게다가 다시 추워지네."

엄마는 이렇게 말하고는 몸을 날쌔게 움직여 난로에 장작을 넣고 이불을 바르게 펴고 찻잔을 치웠다.

"침실에서 옷을 갈아입어. 침실이 그나마 더 따뜻할 테니까."

오두막 별장에는 침실이 두 개 있다. 엄마와 아빠가 그중 하나를 썼고, 나머지 하나는 할머니와 내가 썼다. 아빠의 유쾌한 웃음소리와 엄마의 중얼거리는 목소리가 벽을 뚫고 들려왔다. 할머니는 발끝으로 이불을 끌어당겨 내게 단단히 잘 덮어 주었다. 내 땋은 머리만이 이불 밖으로 보였다. 곧이어 할머니가 이불을 덮고 눕는 소리가 들렸다. 그제야 나는 잠을 이룰 수 있었다. 다른 방에서 나지막하게 소곤대는 소리가 들린다 해도 전혀 신경 쓸 필요가 없었다. 눈꺼풀이 무거워지고 머릿속의 생각들이 서로 뒤엉켜 알 수 없는 영상과 소리로 흐릿해졌다.

나는 이불 속에 그대로 누워 있다.

엄마가 드디어 거실 정리를 끝냈다.

나는 잠을 자는 척했다. 그러고는 옆으로 누워 팔 하나로 얼굴을 가리고 엄마를 몰래 지켜보았다.

엄마는 등유 램프를 손에 들고 잠시 방에 서 있다. 불빛이 엄마의 얼굴을 비추었다. 안경을 벗으니 엄마는 마치 벌거벗은 것 같다. 갸름한 얼굴에 눈은 이상할 정도로 컸고, 입은 반쯤 벌어져 있다. 중간 정도 길이의 담갈색 머리에는 살짝 금빛이 돌았다.

엄마는 예쁘다.

엄마는 열려 있는 벽난로 문 앞에 마치 어린아이처럼 쪼그리고 앉았다. 팔로 몸을 감싼 채 웅크리고 앉아 있다. 불빛을 받은 엄마의 얼굴은 꿈을 꾸는 듯 감상적으로 보였다.

나는 엄마를 소리쳐 불러 내게 오게 하고 싶었다. 하지만 엄마는 너무 멀리 있다. 낯선 느낌 때문에 나는 감히 엄마를 소리 내어 부를 수 없었다.

마침내 엄마가 거실 바닥에서 일어났을 때 엄마의 몸짓은 얼이 빠진 사람처럼 비현실적으로 보였다. 엄마는 스웨터를 천천히 벗은 다음 머리를 흔들어 바르게 하고 손으로 머리카락을 매만졌다. 엄마의 손은 계속 어깨를 스치며 팔을 따라 내려가 몸을 감싼다. 엄마는 무슨 생각에 골몰하느라 정신이 나간 것 같았다. 엄마가 다시 몸을 일으키자 가슴이 얇은 면 셔츠 속에서 함께 움직이다가 평평해진다. 그래도 젖꼭지 부분만큼은 두드러져 보였다. 엄마가 셔츠를 벗으려 하자 나는 침대 벽 쪽으로 몸을 돌려 누웠다. 내 심장이 쿵쿵 방망이질했고, 잠옷이 땀으로 흠뻑 젖었다.

"아직 안 자니?"

나는 몸을 돌리고 싶지 않았다.

그러나 내가 몸을 돌렸을 때 엄마는 이미 긴 잠옷을 입고 맨발로 서 있었다.

"잘 자라."

엄마는 밤 인사를 하면서 한 마디 덧붙였다.

"이는 닦았겠지?"

"응."

나는 거짓말을 한다.

모든 게 늘 이런 식이다. 이제 잠을 잘 수 있을 것 같다.

다음 날 저녁은 사정이 달랐다. 엄마와 나는 이제 친구다. 대등한 친구 말이다.

그것은 웃음으로 시작되었다. 억수 같은 비를 맞으며 오랫동안 산책을 하고 즐거운 마음으로 오두막에 돌아왔을 때 엄마와 내 얼굴에는 웃음이 번졌다. 코가 빨갛게 된 엄마는 머리카락이 착 달라붙은 채 서서 웃으며 집게손가락으로 나를 가리켰다.

"말도 안 돼! 거울 좀 봐."

엄마와 나는 난로 앞에서 젖은 옷을 훌렁 벗어 던졌다. 엄마와 내 하얀 몸이 희미한 불빛을 받아 어두운 주위 공간과 대조를 이뤘다. 내가 전날 느낀 것과 같은 환각은 이제 아득하다. 엄마는 무척 추운지 몸을 떨면서 수건으로 어깨와 머리를 힘차게 문지르고 뽀송뽀송한 스웨터를 급히 잡았다. 지금의 엄마에게는 낯선 모습이 전혀 없다.

오히려 그 반대다.

엄마와 나는 똑같다.

키도 같고 어깨와 엉덩이도 똑같이 말랐다. 내 이목구비도 엄마를 닮았다. 얇은 입술과 작고 오뚝한 코가 영락없이 엄마와 똑같다.

엄마와 나는 자매라고 해도 될 거야.

그래도 될 거야…….

그런데 내 눈은 갈색이고 머리는 까맣다.

"오늘 식사는 비프스테이크다."

엄마가 말을 꺼냈다.

"우리 포도주도 마시자."

엄마와 나는 오두막 밖에 있는 어둠침침한 작은 부엌에서 함께 요리를 했다. 비프스테이크를 익히는 요령은 따로 있다. 프라이팬의 온도도 적당해야 하고, 고기를 익히는 시간도 딱 알맞아야 한다. 그 시간을 맞추는 것은 아침 식사 때 먹는 달걀을 삶는 것만큼이나 어렵다. 나는 혼자 휘파람을 분다. 무겁고 까만 프라이팬 아래에서 가스 불꽃이 파랗게 일었다. 엄마는 내 뒤에서 빵칼로 양상추를 썰었다.

대등하다는 것은 엄마와 함께 포도주 한 잔을 나눠 마신다는 것을 의미한다.

나는 아직 엄마처럼 포도주 잔을 태연하고 우아하게 잡을 줄 모른다. 그리고 엄마처럼 잔을 들고 눈을 반쯤 감은 채 포도주를 입에 잠깐 물고 애주가인 양 뭐라고 한 마디 할 줄도 모른다. 하지만 언젠가 나도 그렇게 할 수 있을 거다.

내게 엄마보다 가까운 사람은 없다.

내가 허물없이 말할 수 있는 사람은 엄마뿐이다. 나는 다른 누구에게도 엄마에게 하는 것처럼 쉽게 말하지 못한다.

다음 날 아침 늦게 잠에서 깨어나니 머리가 무겁고 기분이 찝찝했다. 포도주 탓만은 아니다. 그보다는…… 잠자리에서 일어나고 싶지 않은 마음 때문이다. 엄마를 마주 대하기가 내키지 않은 탓이다.

멀리 붉게 빛나는 태양이 창을 물들인다. 오두막 안에서 들려오는 톱질 소리가 내 귀를 파고든다. 벌써 엄마의 하루가 시작된 모양이다.

나는 그대로 누워 있다.

나중에 엄마가 산책하자고 해도 나는 오두막에 남아 책이나 읽으며 뒹굴고 싶다. 나는 창문을 통해 오랫동안 엄마를 바라본다. 엄마의 작은 형체는 저 멀리 습지 위에 있다. 엄마의 빨간 등산용 재킷은 다른 색깔들과 섞여 거의 구분되지 않는다.

엄마와 나는 하루 더 이곳에 머물 것이다. 그러니까 이틀 밤을 함께 지내는 셈이다.

나는 종종 불안한 마음이 요동치면 산더미처럼 쌓인 잡지와 책에 파묻혀 감정을 억제한다. 이런 식으로 불안한 마음을 묻어 버리는 것이다.

건물들이 높이 솟아 있는 커다란 도시로 돌아가는 것은 좋다. 그러나 도시에서는 엄마와 나 사이의 거리가 점점 멀어진다. 나는 내 방에만 틀어박혀 지낸다.

하지만 나는 밤에 잠을 이룰 수 없다.

산속 오두막을 떠나 있기 때문일까?

불안한 마음과 갇혀 있다는 이 느낌이 여전히 내 몸에 박혀 있다. 예전에는 이렇게까지 심하지는 않았는데…….

집으로 돌아온 다음 날 아침이면 그런 느낌도 잊혀진다. 개학 첫날 시끄럽게 떠들다 보면 산속에서의 생활은 언제나 그랬듯이 충분한 휴식, 멋진 산책, 절묘한 가을색 등으로 묘사된다. 모든 아이들에게 오두막을 가진 엄마가 있는 것은 아니다. 아니고 말고……. 누구에게나 외딴곳에 가서 나무를 톱질하고 먼 길을 산책하는 엄마가 있는 것은 아니다.

"너희 엄마 굉장하다."

쉬는 시간에 토미가 이렇게 말하며 한 마디 덧붙였다.

"너희 엄마도 페미니스트겠지!"

"물론이지!"

나는 토미를 보고 웃는다. 토미의 얼굴 표정이 웃긴다.

나는 엄마가 자랑스럽다.

다음 두 시간은 조별 활동 시간이다.

산업 혁명의 뜻은 무엇인가? 산업 혁명이 사회에 어떤 변화를 가져왔고, 또 가정에는 어떤 변화를 가져왔는가? 참고 서적을 활용하여 토론하도록.

나는 토르와 모르텐과 같은 조가 되었다. 아이들은 모두 태연한 표정이다. 토르는 우리 반에서 일명 교수로 통하고, 모르텐은 가장 열심히 공부하는 학생이니, 우리는 두 아이의 말이나 귀 기울여 들으면 되는 것이다.

도서관을 뒤지니 산업 혁명의 첫 자인 'ㅅ'이 붙은 선반이 벌써 거의 텅 비어 있었다. 도서관 저 뒤쪽의 둥근 탁자에 이미 자리를 잡은 조도 있었다.

"얼마나 굉장한 혁명이니!"

토미가 큰 소리로 열을 내며 말했다.

"우선 모든 집마다 세계 정보은행에 연결되어 있다고 생각해봐. 그러면 학교 시험공부도 벼락치기를 할 필요가 없어. 필요한 정보는 귀여운 평면 스크린을 통해 전부 얻을 수 있거든. 게다가 전 세계의 텔레비전 프로그램도 구할 수 있어! 버튼만 누르면 보고 싶은 영화를 마음대로 골라 볼 수도 있고. 어때 굉장하지?"

우리 조 아이들의 논쟁이 차츰 달아올랐다. 몇몇 아이들이 의자를 들고 오는 바람에 우리 조 인원이 비교적 많아졌다. 그때 토미의 말에 누군가가 반기를 들었다.

"굉장하긴 뭐가 굉장해. 순전히 기형적인 인간들만 생길걸."

"하지만 우주여행이 오늘날 비행를 타고 세계를 돌아다니는 것처럼 일상적인 일이 된다고 생각해 봐!"

토미가 눈을 반짝이며 말을 이었다.

"그리고 지구 저 밖에 떠 있는 독립적인 작은 인공 도시에 인간들이 있다고 상상해 봐. 그곳에 있는 인간들이 이곳 지구의 생명을 완전히 대신한다고 생각해 봐."

"진정해! 토미, 넌 만화책을 너무 많이 읽었어."

"상상이 안 가……. 지구가 폭발하면 어떨지 말이야."

"제기랄!"

"자유롭게 지구 저 밖에 있게 되겠지. 토미 넌 날개 달린 천사니까 잃어버린 영혼을 받아들일 준비를 하고 있겠지?"

"너희 참 유치하다."

토르가 짜증 나는 표정으로 끼어들었다.

"우리는 산업 혁명 이후의 사회에 대해 토론해야 해. 게다가 지구 폭발 같은 것은 주제와 상관없어. 그런 건 강대국들의 책임자들이야 알고 있겠지."

페터가 버럭 악을 썼다.

"집어치워! 넌 틈만 나면 설교냐."

"그럼 토미는? 재는 아니야?"

"토미는 적어도 정치에 대해 설교하지는 않아."

"토미가 말하는 정보 사회도 정치가 아닐까? 내기 보기에는 지금 일어나고 있는 대부분의 일이 그냥 섬뜩해."

내 목소리가 떠들어 대는 남자 아이들의 목소리를 뚫고 날카롭게 울렸다.

"정치라고? 천만에. 발전이야! 신념이 확고한 극좌파들조차 이 발전을 막을 수 없어."

이제는 나도 열띤 토론에 가세했다. 나는 흥분했고 잔뜩 화가 났다. 그래서 탁자 위로 몸을 숙이기까지 했다.

그때 선생님이 나타났다.

"잘 돼 가니? 듣기에는 열띤 토론인 것 같은데. 좋아, 좋아."

선생님이 탁자 주위로 걸어왔다. 선생님의 손은 낡은 코르덴 바지 주머니 속에 깊이 들어가 있었다.

우리 조 아이들은 점차 말이 없어졌다. 아이들은 흥분이 차츰 가라앉자 의자에 얌전히 앉아 있었다.

점심 식사 때만 해도 아무 일도 일어나지 않았다. 나는 엄마에게 정보은행과 인공위성 텔레비전에 대해 열을 내며 이야기했다.

"엄마, 거기까지 발전할 거야. 그건 막을 수 없어. 우리는 그 사실을 알아야 해."

"그럴 수 있겠지……. 하지만 우리가 이러한 발전 논리에만 치이지 않도록 할 수 있는 일도 있잖아. 반론 없이 무조건 네 의견만 듣고 있자니 미래가 불안하고 걱정되는구나. 그리고 그 문제에 대해서라면 우리가 종종 토론하지 않았니?"

엄마의 말에 나는 금세 입을 다물고 말았다.

그럼 대체 무엇이 더 중요하단 말이야?

아침에 비가 오더니 차가운 바람이 길거리를 휩쓸며 지나갔다. 그 바람결에 뒤뜰의 나뭇잎은 거의 떨어지고, 여린 가지들이 그 모습을 드러냈다. 자명종이 울릴 때도 방 안은 너무 어둡다. 날이 정말 밝았는지 보려면 불을 켜야 할 정도다.

십일월이다. 엄마는 주말에 세미나에 참석하기 위해 집을 비웠다. 청소년, 마약, 재활 문제에 관한 세미나였다.

나는 금요일 오전 학교에 갔을 때부터 벌써 기대감에 부풀었다. 그리고 들뜬 마음으로 텅 빈 집으로 돌아갔다. 엄마가 집을 비우는 경우는 극히 드물다. 더욱이 사흘씩이나 나만의 시간을 가져본 기억은 없다.

내가 집에 도착했을 때는 벌써 날이 어두웠다.

나는 비에 젖은 옷을 그대로 입고 등에 책가방을 멘 채 복도에 서서 무슨 소리가 나지 않나 귀를 기울였다. 문을 열 때마다 하는 짓이다. 그런데……. 나는 과감히 가방을 내려놓고 방들을 지나 집 안의 불이란 불은 전부 켰다. 그리고 익히 잘 알고 있는 물건들을 손으로 매만졌다. 매끄러운 거실 탁자, 요란하게 꾸민 금갈색 소나무 책상, 소파 위에 있는 비로드 쿠션까지. 마지막으로 손가락을 창틀 위에 놓인 화분 안에 넣고 흙에 물기가 있는지 만져 보았다.

그러고는 물뿌리개를 가지러 부엌으로 가면서 나지막하게 노래를 흥얼거렸다.

엄마 방 창틀에는 다른 화분도 몇 개 더 놓여 있다. 엄마 방은 침실이라기보다 서재에 가깝다. 그곳에는 타자기와 참고 서적과 서류철도 있다. 침대 옆 탁자에는 정치 잡지가 놓여 있고, 그 위쪽 벽에는 약 이 년 전 시위대에서 썼던 빨갛고 하얀 플래카드가 걸려 있다.

나는 그 플래카드에 가까이 다가갔다.

지난해 3월 8일 국제여성의 날에 엄마와 나는 이 시위에 참가했다. 올해에는 갈 마음이 없었다. 그날 저녁 나는 극장에 갈 생각이었다. 나는 식사를 하면서 엄마에게 그런 내 뜻을 밝혔다. 그때 일을 난 지금도 기억한다. 그리고 나는 정말로 극장에 갔다! 나는 집에 돌아와 엄마에게 시위가 어땠는지 물어볼 용기가 나지 않았다. 혹시 엄마도 가지 않은 건 아닐까? 엄마가 아무 말도 하지 않았으니 말이다. 엄마는 그냥 앉은 채 신문을 보고 있었다. 내게 무슨 영화를 보았는지조차 묻지 않았다.

하지만 지금 내 관심을 끄는 것은 이 플래카드가 아니다.

나는 손에 물뿌리개를 들고 액자 속의 작은 사진을 들여다본다. 그 사진은 구석에 있는 거울 옆에 걸려 있다. 어떤 아가씨가 매끄러운 긴 머리를 늘어뜨리고 미소를 지으며 앞쪽 의자에 앉아 있는 젊은 남자의 어깨 위로 몸을 숙이고 있는 사진이다. 남자는 아가씨의 손을 꽉 잡고 있고, 얼굴은 위쪽을 바라보고 있다.

엄마는 왜 결혼사진을 이렇게 숨겨 놓는 걸까?

언젠가 한 번 엄마에게 그 이유를 물어본 적이 있다. 엄마는 결혼식이나 결혼사진을 원래 좋아하지 않는다고 했다. 나는 그렇게 말하는 엄마를 보며 대체 왜 결혼을 했느냐고 물어볼 수가 없었다.

나는 절대로 가서는 안 될 곳에 가까이 가고 있다는 느낌 때문에 얼른 방을 나와 문을 살짝 닫았다. 엄마가 아끼는 화분에 물도 주지 않은 채 말이다.

엄마는 왜 다시 남자를 만나지 않았을까? 사실 나는 엄마에게 남자가 생기기를 바라지 않는다. 다른 남자가 거실에 있는 아빠의 의자에 앉아 있고, 밤에 아빠의 침대에 누워 있으면 어쩌나 하고 무척 불안해했다. 또 다른 남자가 그곳에 오지 못하게 감시하려고 꽤나 오랫동안 아빠의 침대에서 잠을 잤다.

나는 그런 사실을 거의 잊고 있었다. 그렇다면 엄마에게 남자가 없는 게 내 탓이었을까?

엄마가 수년 동안 혼자 지낸 게 내 탓일까?

갑자기 엄마의 방이 몹시 쓸쓸해 보였다. 겨우 오후 네 시인데. 내가 집에 돌아온 지도 벌써 여러 시간이 지났다. 배도 고팠다.

나 혼자 먹자고 요리를 하자니 좀 그렇네…….

나는 잉에르에게 전화를 했다.

"혼자 있어?"

잉에르가 물었다.

"밤새 혼자 있다고? 굉장한데. 그러면 다른 아이들도 몇 명 부르자. 내가 피자 사 갈게."

잉에르와 있으면 늘 무슨 일인가 벌어진다. 잉에르가 있으면 나는 경계를 넘어설 수 있다. 잉에르와 함께라면 모든 게 가능하다.

나는 아무렇지도 않게 토마스와 페터와 모르텐 등 남자 아이들에게 전화를 했다. 알고 지낸 지 일 년 이상 되었지만 지금까지 전화를 해 본 적은 없었다. 전화를 받는 남자 아이들은 목소리로 보아 무척 신난 것 같았다. 그러고는 기꺼이 오겠다고 말했다. 카밀라와 시리도 온다고 했다.

마지막으로 나는 토미에게 전화를 걸었다.

왜 토미를 떠올리지 못했을까?

토미는 어디서든 중심이 되는 아이다. 하지만 금요일 저녁에는 뭔가 계획이 있을 게 틀림없다. 그런데 잉에르가 토미도 부르자고 했다. 잉에르의 말이 아니었다면 나는 결코 토미에게 전화를 걸 생각을 못했을 것이다.

토미는 집에 있었다. 토미의 목소리가 귀에 쩌렁쩌렁 울렸다.

"모여서 논다고? 정말? 간단하게 몇 명만 모인다고. 물론 가야지. 맥주 세 개는 내가 준비할게. 좋아!"

토미가 온다니.

나는 머리를 감으려고 욕실로 들어갔다. 거울에 비친 내 모습을 잠깐 들여다보았다. 흥분하여 볼이 빨갛게 상기된 채 미소를 짓고 있는 모습이 보였다. 나는 머리를 샤워기에 대고 찬물로 감기 시작했다.

그래도 도무지 진정이 되지 않았다.

내 마음속에서 지금 뭔가 일이 벌어지고 있었다. 나는 머리를 수건으로 감싼 채 냉장고로 가 엄마의 캔 맥주 하나를 꺼냈다.

시간에 맞춰 준비하는 데는 문제가 없을 거야.

잉에르가 오자 나는 마음이 진정되었다.

두 시간 뒤 다른 아이들이 나타나자 잉에르와 나는 깔깔 웃었다. 머리와 몸이 가벼웠다.

멋진 저녁이었다. 정말이다.

나는 피자를 먹을 때 토미 옆에 앉아 있었다. 토미가 말할 때마다 웃었던 게 기억난다. 토미는 무척 재미있었다. 나는 토미에게 몸을 기댔다. 토미의 말에 동감한다는 표현을 하고 싶었다.

그러나 토미와 함께 춤을 춘 사람은 잉에르였다.

잉에르와 토미는 엄마의 양탄자를 돌돌 말아 치우고 서로 몸을 붙인 채 가장 어두운 방구석에서 둘이서만 천천히 춤을 추었다. 다른 아이들은 빈둥빈둥 앉아 있었다. 대화도 잦아들었다. 아이들의 시선은 두 사람에게 쏠려 있었다.

나는 자리에서 일어났다. 술 때문인지 다리가 무거워진 것 같았다. 가까이 앉아 있는 아이에게 손을 뻗었다. 페터였다.

페터와 나는 천천히 서로에게 다가갔다. 페터의 손이 내 몸을 감쌌다. 페터의 턱은 따뜻했고 부드러웠다.

페터 정도면 괜찮지 뭐.

나중에는 잉에르와 토미, 페터와 나, 이렇게 넷만 남았다.

나는 페터와 입을 맞춘 적이 없다. 언젠가 키스할 거라고 생각해 본 적도 없다. 그러나 소파에 몸을 기댈 때 내 머릿속에는 더 이상 아무 생각이 없었다. 생각이 멈춘 지 이미 오래되었다.

나는 몹시 피곤했다.

페터가 침실로 나를 따라왔다. 페터는 침대에 올라와 내 옆에 누웠다. 페터의 손이 내 옷 속으로 들어와 있었던 게 생각난다. 페터의 얼굴이 나의 맨살에 닿았던 기억도 난다. 짜릿하고 좋았다. 나는 눈을 감고 움직이지 않은 채 누워 있었다. 누구와 있는지는…… 잊었다.

안 돼! 하지 마……. 그만.

페터와 나는 무릎을 꿇고 서로 마주 보았다. 나는 페터를 아래로 밀어 버리고 싶었다. 페터가 당장 가지 않는다면 말이다.

이건 내 침대야. 내게는 아주 특별한 곳이야. 이곳에 다른 사람이 있는 게 싫어. 누구도 여기 있게 하지 않을 거야.

페터의 눈에 당황한 빛이 역력했다. 화가 난 것 같았다.

창문을 통해 들어오는 빛이 약해서 페터의 얼굴은 거의 알아볼 수 없었다. 나는 페터의 눈을 보지 않았다. 보고 싶지 않았다.

페터의 시선이 느껴졌다. 페터와 나 사이에 놓인 고요한 어둠 속에서 자기가 가야 하냐고 묻는 페터의 목소리가 들렸다.

나는 페터가 방에서 나갈 때까지 기다렸다가 그대로 드러누웠다. 그런데 이제는 의식이 초롱초롱하다. 나는 불안을 느끼며 일어났다.

무슨 짓을 한 거지? 페터가 왜 여기에 있으면 안 되는 거지? 나는 벌써 페터의 손이 그립다.

모르겠어……. 엄마, 엄마가 임신과 수정, 출산과 월경, 피임약과 섹스 등에 대해 귀가 따갑게 이야기했는데 말이야. 그렇게 많이 들었는데도 지금 벌어진 일에 대해서는 도통 모르겠어.

다음 날 아침 나는 다시 혼자였다.

나는 옷을 반쯤 걸친 채 집 안을 손으로 더듬으며 돌아다녔다. 부엌에는 딱딱해진 피자 조각이 있고, 거실에는 돌돌 말린 양탄자가 그대로 있다. 그것 말고는 모든 게 전날 그대로다. 예쁘게 잘 정돈된 그대로다. 아이들이 이곳을 다녀간 흔적은 거의 없다.

나는 엄마의 방 문 앞에 섰다. 만약의 경우가 상상되었다.

나는 조심스럽게 엄마의 방 안을 들여다보았다.

아무도 없다.

이불이 아주 반듯하게 깔려 있다.

나는 욕실의 세면대 앞에 섰다. 화장실 서랍장 제일 위 칸에 두통약 상자가 있다. 나는 그 상자에서 두통약을 두 알 꺼내고 잠깐 거울을 들여다보았다.

아무도 내가 어제 머리를 감았다고는 생각하지 못할 거야.

어쩜, 이 꼴 좀 봐! 이런 꼴로 깨어 있어 보았자 소용없어.

나는 몸을 떨면서 다시 이불 속으로 기어 들어갔다.

아, 오늘은 하루 종일 잠을 자도 되겠군. 일요일에도 늦잠을 잘 수 있어. 엄마는 일요일 낮에나 집에 올 테니까. 그때까지는 시간이 충분해.

토요일 오전마다 늘 그렇듯이 엄마가 진공청소기로 거실 곳곳을 누비며 청소했으면 좋겠어. 지금이라도 엄마가 머리를 문 쪽으로 내밀며 내가 침대에 그대로 누워 있다고 야단쳤으면 좋겠어.

그러면 내가 일어날 때쯤이면 엄마는 청소를 마친 상태겠지.

엄마와 나는 카페에 간다.

그곳에는 아빠도 있다. 아빠는 작고 둥근 탁자에 엄마와 나를 위한 자리를 마련해 두었다.

나는 연보라색 짧은 여름옷을 입고, 좌우로 수가 놓인 흰색 양말을 신고, 장미색과 오렌지색과 갈색 줄무늬가 수놓인 작은 모자를 썼다. 내 얼굴 주위로 곱슬머리가 무척 예쁘게 흘러내린다. 아빠는 내가 너무 귀여워 깨물어 주고 싶다고 말한다.

나는 케이크를 다 먹어야 한다.

생크림과 젤리가 듬뿍 들어간 큰 조각 케이크다. 한 입씩 먹을 때마다 케이크가 점점 더 커진다. 케이크 접시는 내 얼굴 바로 앞에 놓여 있다. 나는 케이크만 바라본다. 아빠가 보이지 않는다. 케이크만 그대로 있다. 그런데 아빠의 목소리가 들린다. 대체 무슨 말을 하는 걸까?

맛있는 케이크를 다 먹으렴. 너는 몸이 너무 말랐어. 생크림이 네 몸에 좋을 거야.

싫어.

먹으라니까.

그냥 내버려 둬요.

당신은 늘 그런 식이야.

싫어! 싫어. 싫어.

좋아. 그만 가자. 당장.

엄마의 목소리는 냉정하고 단호하게 들린다. 엄마가 내 손목을 어찌나 세게 잡았는지 아팠다.

좋아, 좋아, 먹을게! 제발, 제발…….

내 옷에 생크림이 묻었다. 입 주위는 물론이고 손에도 묻었다. 나는 토하고 만다.

엄마와 아빠는 나를 붙잡지 않고 그냥 내버려 둔다.

나는 그것을 정확히 알아챈다.

엄마는 더 이상 나를 견디지 못한다.

엄마가 팔로 아빠를 감싼다. 위로 묶인 엄마의 머리가 말꼬리처럼 되었다. 아빠는 엄마의 묶인 머리를 잡고 엄마의 얼굴을 바라본다. 엄마가 웃는다.

아빠, 가지 마!

나는 달린다.

내 발에 나무토막이 달려 있다. 그래서 달리기가 어렵다. 머리까지 흔들린다.

엄마가 내 앞에 웅크리고 앉아 있다.

모자 잃어버렸니? 예쁜 수가 놓인 모자인데…….

엄마가 내 머리를 쓰다듬는다. 아빠는 엄마 바로 뒤에 서서 엄마와 나를 내려다보며 미소를 짓는다.

나는 엄마에게서 달아난다. 아빠의 다리를 꽉 붙들고 매달린다. 질투심이 인다. 아빠가 손으로 나를 높이 들어 올린다.

애를 그냥 둬요! 애가 잔뜩 토해 놨잖아요. 당신 옷이.

엄마가 나를 다시 붙잡는다. 엄마는 미소를 지으며 수다를 떤다. 그리고 두 손으로 나를 꽉 붙든다. 부엌에서는 물이 뜨겁게 끓고 있고, 행주는 비누 때문에 거품이 난다.

아빠는 떠났다. 기다리다가 지친 모양이다. 엄마는 그 사실을 알고 손에 힘이 점점 풀린다. 나를 꽉 붙잡고 있던 손도 느슨해진다.

내가 원하면 달아날 수 있어.

그런데 내 옷이 전부 세탁 바구니 속에 들어가 있다.

나는 이미 몸이 너무 자라서 옷을 입지 않고는 밖으로 나갈 수 없다.

엄마가 집에 돌아온 것은 일요일 저녁 일곱 시경이었다.

나는 소파에 앉아 다리를 탁자에 올려놓고 지그리트 운세트(1928년 노벨 문학상을 받은 노르웨이 소설가-옮긴이)의 책을 읽는 중이었다. 밖에는 보슬비가 내리고 있었다. 나는 착하고 부드러운 표정으로 엄마를 바라보았다. 하지만 속에서는 화가 부글부글 끓어오르며 마음이 차갑게 식었다.

"휴!"

엄마가 말문을 열었다.

"이틀 동안 온통 마약과 알코올, 우울증과 가족 문제, 실업 등에 대한 강연과 토론 속에서만 살았는데……. 집에 돌아오니 십대인 내 딸이 소파에서 운세트의 책을 읽고 있네. 나쁘지 않은걸."

엄마는 비옷을 벗고 김이 서린 안경을 닦으며 반쯤 뜬 눈으로 나를 바라보았다.

"세미나는 좋았아. 동창인 사회학자도 두 명이나 만났어. 서로 보지 못한 지 벌써 육 년이 넘었는데. 놀라운 일이야!"

엄마의 눈빛에는 기쁨이 담겨 있고, 나를 향하고 있는 얼굴에는 생기가 넘쳤다. 나는 다시 책 속에 파묻혔다. 엄마와 나 사이에 잠깐 정적이 흘렀다.

"너는? 어땠니?"

"조용하고 평화로웠어. 엄마가 보다시피 책을 읽었거든. 벌써 두 권째야."

엄마는 이야기하는 걸 무척 좋아한다.

나는 내 문제로 골치가 아파서 엄마의 이야기에 귀 기울일 틈이 없다.

대개는 그 반대였는데.

나는 곁눈질로 엄마의 얼굴을 살핀다.

나는 엄마의 기분이 어떤지 잘 안다.

다음 날 학교에서 잉에르와 토미가 내게 다가왔다. 토미는 팔로 잉에르의 어깨를 감쌌다.

"금요일 날 너희 집에서 정말 좋았어."

잉에르가 살짝 웃으며 토미에게 몸을 기댔다.

"그래 알아!"

잉에르와 토미는 히죽거리고 있는 게 틀림없다. 두 아이는 내게 자기들이 특별히 좋았다는 걸 보여 주고 싶어 하는 것이다.

반면에 페터와 나는 서로 피해 다녔다.

다음 날 나는 감기에 걸려 침대에 누워 있었다. 머리는 아프고 목에는 염증이 생겼다. 나는 까만 까치밥나무 열매에 달걀노른자를 섞은 따뜻한 죽과 빨아 먹는 알약과 잡지를 받았다. 엄마는 이불로 나를 단단히 감싸고 손으로 내 이마를 짚어 보더니 곧 괜찮아질 거라고 말했다. 내 침대는 내가 마구 뒹굴 수 있는 나만의 둥지다. 부드러운 풀로 된 둥지. 또 작은 버드나무와 돌 사이에 위치한 따뜻한 은신처 같다. 산등성이 바로 아래 있는 은신처 말이다. 그러나 이곳으로는 바람이 불지 않는다. 내가 바닥에 누워 있으면 바람이 불어오지 않는다. 이곳이라면 옷을 완전히 벗어도 된다.

오늘 내 곁에는 페터가 있다.

나는 페터에게 누우라고 말한다.

우리를 볼 사람은 아무도 없어. 바람과 햇빛만 있을 뿐이야. 잠깐 여기에 누워 있으면 사우나에 들어간 것 같은 기분이 들 거야. 재킷과 스웨터도 벗어. 물기가 말라 살갗이 뽀드득거리고 따뜻해지는 게 느껴지니? 조용히 손을 이리로 가져와. 그날 저녁처럼. 내가 널 내쫓으려고 했던 건 아냐. 다만……. 네 손은 정말 예뻐.

그는 내 가까이 눕는다. 그의 이름은 페터다. 그런데 페터의 얼굴이 아니다. 페터의 몸도 아니다. 그의 눈은 갈색이고, 부드러운 머리는 바람 때문에 헝클어져 있다.

나는 버들 숲에 몰래 숨어 있다.

나는 그들을 뒤따라간다. 처음에는 달렸고 그들을 소리쳐 부른다.

그러고는 그들과 거리를 유지한다. 그들이 멈춰 설 때면 몸을 살짝 구부린다. 그들에게 들키고 싶지 않다.

나는 버들 숲에 몰래 숨어서 그녀가 팔을 들어 올려 그의 머리를 잡아 벗은 자신의 가슴 쪽으로 끌어 내리는 걸 지켜본다. 그녀의 눈은 감겨 있고 입가에는 미소를 띠고 있다. 금갈색 머리와 장밋빛 입술 그리고 하얀 피부의 그녀는 무척 예쁘다.

나도 그곳에 그들과 함께 있고 싶다.

나는 꽁꽁 얼어붙은 채 숲 속에 숨어 있다.

그가 빠른 동작으로 그녀를 끌어안자 비로소 자유로워진 나는 기다시피 조심조심 그곳을 빠져나와 달리기 시작한다. 온몸이 이상하게 근질근질하다.

할머니가 오두막 부엌에서 작은 송어를 굽고 있다. 나는 할머니의 팔 아래쪽으로 기어 들어간다. 그러자 할머니가 팔을 내 어깨에 올려놓는다. 할머니와 나는 은빛 물고기가 뜨거운 프라이팬에서 뒤집히고 구부러지는 것을 말없이 바라본다.

나는 잠을 잤다. 불안했는지 꿈을 심하게 꾸었다.

잠에서 깨자 감기가 떨어진 것 같았다.

나는 침대에서 내려와 옷을 입었다. 그러고는 부엌으로 갔다.

냉장고에는 양배추 하나와 달걀 세 개가 들어 있었다. 나는 밀가루와 버터도 찾아냈다. 우유도 있다.

나는 혼자 노래를 흥얼거렸다.

최고의 팬케이크가 될 거야.

프라이팬이 지글지글 끓는 동안 나는 아래층 단골 가게에 가서 토마토와 신선한 빵을 사 왔다.

집에 돌아온 엄마는 피곤한 모습이다.

"엄마의 피로가 나한테도 덮친 것 같아."

나는 엄마 앞에 음식을 내려놓고 촛불을 켰다.

엄마의 얼굴 표정이 서서히 부드러워졌다. 입가에 살짝 주름이 잡히더니 이마가 점점 펴졌다.

엄마는 예쁘다.

내가 이 말을 전에 한 번 하지 않았나?

"네가 없었으면 어쩔 뻔했니."

창밖은 벌써 어둑어둑하다. 곧 십이월이 된다.

나는 잉에르가 토미와 함께 다니는 데 익숙해졌다.

나는 카밀라와 안네테와 시리와 가까이 지냈다. 우리 셋은 함께 극장에 가거나 학교 근처 카페에 앉아 오후 늦게까지 수다를 떨었다. 곧 크리스마스 방학이다. 그러나 그전에 시험이 있다. 또 실내 체육관에서 열리는 크리스마스 축제도 있다. 벌써 이번 주 토요일이 크리스마스 축제다.

페터는 여전히 나를 피한다.

나는 그것이 정말 다행이라고 생각한다.

크리스마스이브에 엄마와 나는 외갓집에 갔다. 리자 이모도 와 있었다. 그리고 외사촌 언니 얀네와 형부와 갓 태어난 아기도 함께 와 있었다.

외할아버지와 외할머니는 시 외곽에 있는 사각형 모양의 커다란 집에 살고 있다. 외갓집에는 방이 엄청 많다. 그런데도 엄마와 나는 외갓집에 갈 때마다 있을 곳이 없다는 느낌을 받는다.

"얘야, 이게 얼마 만이냐?"

외할머니가 이렇게 말하며 엄마의 볼에 가볍게 입을 맞췄다.

"창백해 보이는구나. 여윈 데다 창백하기까지 하다니. 여전히 일이 많니? 게다가 시민운동까지 하고 있으니……. 그걸 다 어떻게 해낸다니?"

거실에서 보니 엄마는 정말 마르고 창백해 보였다.

"이제 시민운동은 별로 하지 않아요."

엄마가 작은 목소리로 대답했다. 그래서 외할머니가 줄곧 엄마를 바라보고 있는데도 엄마의 말을 알아듣지 못했다.

"이런, 우리 손녀도 왔구나. 너는 나나 네 엄마보다 키가 클 것 같지 않구나. 그런데 바지가 그게 뭐니? 크리스마스이브에……."

외할머니가 다시 엄마에게 말했다.

"이제는 크리스마스 때 딸에게 옷 한 벌쯤은 사 줄 수 있을 텐데."

"쟤는 자기가 입을 옷은 스스로 골라요."

엄마는 목청이 커지고 얼굴색마저 붉어졌다.

나는 엄마 말이 맞다는 뜻으로 고개를 끄덕였다.

엄마와 내가 이번보다 더 생각이 일치된 적은 없었다.

식사를 하는 내내 엄마의 눈에서는 화가 난 기색이 가시지 않았다. 엄마는 음식을 거의 건드리지도 않았다. 참으로 안타깝다. 외할머니의 갈비 요리는 최고급 수준인 데다 외할머니가 손수 가

꾼 붉은 양배추도 있는데. 외할아버지는 독주 한 잔을 들고 내게 식탁 너머로 건배를 했다. 그러나 내가 심하게 기침을 하자 격려하듯이 눈을 깜박였다.

외할머니는 고기 소스가 따뜻하지 않다고 불평을 했다.

엄마는 부엌문에서 가장 가까운 자리에 있었음에도 꼼짝하지 않고 한 마디 했다.

"소스 온도는 아주 적당해요."

리자 이모가 일어나서 뜨거운 소스를 가져왔다.

외할아버지는 얀네 언니와 술잔을 부딪쳤다.

얀네 언니는 나처럼 기침을 하지 않는다. 그러나 옷에 축축한 얼룩이 생겼다. 가슴 오른쪽이었다.

이 층에서 갓난아기의 울음소리가 나지막하게 들렸다.

얀네 언니는 방금 술을 두 잔이나 비웠는데도 멀쩡하게 자리에서 일어났다.

"음식이 입에 맞나 모르겠네."

외할머니가 말했다.

"분위기가 좀 썰렁하기는 하지."

과일 샐러드도 외할머니가 직접 만든 것이다.

거실에 있는 크리스마스트리 아래에는 선물이 쌓여 있다. 그러나 선물을 열려면 먼저 외할아버지가 촛불을 켜고 외할머니가 안경을 껴야 한다. 외할머니는 안경을 쓰지 않으면 노래 책의 글씨조차 읽지 못한다.

얀네 언니가 아기를 데리고 내려왔다.

전에는 얀네 언니와 나, 우리 둘 다 아이였다. 큰 꼬마 얀네와 작은 꼬마 나, 이렇게 둘이었다. 지금 얀네 언니는 스물한 살이고 어른이 되었다. 얀네 언니가 아기를 안고 촛불을 향해 섰다. 그러고는 아기의 귀에 대고 다정한 소리로 속삭이며 살짝 웃음을 지었다. 얀네 언니는 내게 더 이상 말을 붙이지 않았다.

외할아버지는 커피에 코냑을 부었다. 엄마는 두 손으로 술잔을 받더니 급히 비웠다.

"코냑은 그렇게 마시는 게 아냐. 자 봐라. 술잔을 손으로 잡고 살짝 데운 다음 향을 음미한 뒤 한 모금을 입 안에 잠깐 물고 있는 거야."

엄마의 모습을 보고 외할아버지가 한 마디 했다.

"네. 알아요."

엄마가 대답했다.

엄마는 이날 밤 술이 깨지 않은 채 자동차를 몰았다.

"어쩜. 거기 가면 기분이 나쁘다는 걸 매번 까먹네."

엄마가 말문을 열었다.

"전혀 나쁘지 않았는데. 선물도 많고."

"선물이라고!"

"엄마, 두 분은 이미 연세가 많잖아!"

"연세가 많다고? 우리 엄마는 결코 늙지 않을 거야."

일월에는 눈이 별로 오지 않았다. 대신 엄청 추웠다. 길거리에서는 배기가스가 고운 먼지 구름과 섞이고, 뒤뜰에서는 갈색 잎들이 쉬지 않고 자갈밭 위를 빙빙 돌았다. 하늘은 납회색이어서 앞을 내다볼 수 없을 정도다.

"여긴 무척 춥네. 부엌 창문은 닫았니?"

엄마가 물었다.

"오늘 아예 열어 놓지도 않았어."

엄마는 내 말에 더 대답이 없다. 그저 소파에 앉아 이불을 단단히 감싸기만 했다.

이월에는 눈이 온다.

나는 만으로 열다섯 살이 된다.

금요일 저녁에 엄마와 나는 극장에 갔다.

영화는 볼만했다. 젊은 남녀 한 쌍이 우리 앞에 앉아 있었다. 나는 두 사람을 쳐다보지 않을 수가 없었다.

카밀라나 안네테가 같이 있었으면 서로 옆구리를 찔러 가며 어둠 속에서 킥킥거렸을 텐데.

나는 안절부절못하고 자리에서 계속 미끄러졌다. 그리고 엄마를 몰래 흘끔 곁눈질했다. 두 남녀가 서로 달라붙은 채 애무하는 것을 엄마도 보고 있는지 확인하려고 말이다. 그런데 엄마는 무표정한 얼굴로 영화만 보고 있다.

나는 마음이 놓였다.

그러나 마음속에는 불안이 남아 있었다. 사람들이 웃을 때도 나는 울고 싶었다.

마침내 영화가 끝나고 불이 켜지자 정말로 마음이 놓였다. 엄마와 나는 아무 말 없이 나란히 극장을 나섰다. 집으로 걸어가는 내내 우리는 한 마디도 하지 않았다. 꽁꽁 언 땅에 신발이 부딪치는 소리만 들렸다.

다시는 엄마하고 극장에 가지 말아야지. 민망해서 엄마와 집에 가서도 차를 마실 수 없겠어.

나는 잠만 자고 싶었다. 그냥 사라지고 싶은 마음뿐이었다.

현관문이 닫히고 외투를 벗어 걸어 놓은 뒤 엄마가 나를 바라보며 말했다.

"오늘 저녁에는 차를 마실 수 없을 것 같아. 언짢게 생각하지 마. 몸이 너무 엉망이라 침대에 들어가 쉬고 싶은 마음뿐이야."

엄마가 욕실로 들어갔는데도 나는 현관에 그대로 서 있었다. 엄마의 말이 메아리처럼 뇌리를 파고들었다.

그럼 내가 아니라 엄마가 더…….

카밀라의 방은 모든 게 아주 단출했다. 나는 카밀라의 수학 숙제를 도와주었고, 카밀라는 방금 손수 만든 블라우스를 보여 주었다. 카밀라의 바느질 솜씨는 보통이 아니다. 그러나 수학은 정말 못한다. 카밀라는 키가 크고 튼튼하지만 코에 살이 너무 많다. 그래서일까? 카밀라의 눈길은 늘 내 머리카락과 얼굴과 몸매를 따라다닌다.

카밀라가 한숨을 쉬며 말했다.

"너처럼 날씬하면 좋겠는데."

"넌 뚱뚱하지 않아."

나는 카밀라의 소파 겸용 침대에 몸을 쭉 뻗고 누우며 위로의 말을 했다. 내 손 아래쪽에서 부드럽고 둥근 골반 뼈가 느껴졌다. 또 헐렁한 스웨터 속에 있는 배는 얼마나 평평하고 팽팽한가.

"아냐, 뚱뚱해. 그리고 내 머리카락은 하루만 지나도 떡이 돼. 작년만 해도 이렇지 않았는데. 키는 작았지만 몸은 지금보다 날씬했어……. 나는 왜 갈수록 미워지는 걸까? 너와 잉에르는 물론이고 모두들 마냥 예뻐지는데 말이야. 아무도 나 같은 애와 함께 있고 싶어 하지 않을 거야."

"내가 함께 있잖아."

내 말에 카밀라가 토를 달았다.

"넌 내 말이 무슨 뜻인지 잘 알잖아!"

카밀라는 안락의자에서 몸을 일으키며 말을 계속했다.

"앞으로 어떻게 해야 할지 곰곰이 생각하고 있는 중이야. 남자 아이들 때문만은 아냐……. 학교에서도 제대로 되는 게 없어. 그렇다고 어떻게 할 수도 없어. 그런데 잉에르는 머리도 좋고 어떻게 토미하고도 친하게 지낼 수 있을까? 어떻게 잉에르 혼자 모든 걸 가질 수 있는 거지?"

나는 안절부절못해 몸이 이리저리 미끄러졌다.

"대신 넌 바느질 솜씨가 보통이 아니잖아……."

"그래, 맞아. 내가 어른이 되면 새장에 앵무새를 거느린 재단사가 될 거야. 그리고 고양이도 기를 거야."

카밀라가 화난 눈으로 날 노려보며 말을 계속했다.

"그게 안 되면 놀고 있겠지. 너는?"

"나?"

내가 미적거리자 카밀라가 다시 물었다.

"비서는 어때?"

"비서라고? 돌았어! 비서는 아냐. 나는 말이야……."

카밀라와 나의 대화는 결국 웃음으로 끝났다. 그건 그것대로 좋다.

카밀라와 나는 부엌에 가서 코코아를 끓여 생크림을 그 위에 얹었다.

나는 온갖 생각들로 머리가 복잡해진 상태로 카밀라네 집에서 나왔다.

카밀라와 나는 근본적으로 다르다. 그 어느 면에서나 카밀라와 나는 비교가 되지 않는다. 그런데도 카밀라의 걱정이 내게 전염된 것 같다.

카밀라의 문제는 정말 그렇게 간단하지만은 않다. 나는 다시 카밀라에게 돌아갈지 잠깐 생각해 보았다.

텔레비전에서는 정치 토론이 한창이다.

나는 잡지를 들고 소파에 누워 있다. 잡지는 시리에게서 빌린 것이다. 수학 숙제는 거의 끝났고, 영어 숙제는 일요일 저녁이면 끝난다.

나는 할 일을 다해 떳떳한 데다 텔레비전에서 나오는 천편일률적인 목소리를 듣고 있으니 마음이 느긋하고 편안해졌다.

"저건 말도 안 돼!"

텔레비전을 보던 엄마가 흥분했는지 커피 잔을 받침에 부딪치며 시끄럽게 쨍그랑 소리를 냈다.

"온통 감언이설뿐이군. 왜 저 사람들은 당장 지역 전체가 황폐해질 거라고 말하지 않는 거지?"

나는 텔레비전 화면에 슬쩍 눈길을 주었다. 그리고 잡지 구십오 쪽을 넘기기 전에 엄마를 잠깐 바라보았다. 텔레비전에서 말하는 '진짜 인생 이야기'가 어떻게 끝나는지 알고 싶었기 때문이다.

"그것만이 아니지. 그 북쪽에 있는 광산 지역은 어떻고! 실업 보험금은 또 어때. 저런 식으로 하니까 심리적으로나 사회적으로 온갖 어려운 문제들이 생기는 거야."

"흠."

내가 이렇게 신경 건드리는 짓을 해도 엄마는 계속 혼자 중얼거렸다.

"그런데 계속 저런 거짓이나 일삼고 있으니……. 저게 최선의 해결책이라고? 더 이상 공장을 가동시키는 것이 무의미하다고 떠들어 대는 주제에. 대체 공장을 가동시키는 게 누구에게 더 이상 가치가 없다는 거야?"

"흠."

내가 또다시 신호를 보내자 엄마가 소리쳤다.

"그만 해. 나와 얘기 좀 하자!"

엄마는 내 손에서 잡지를 낚아챘다.

"내 말 들어! 지금 얘기하고 있는 것은 중요한 일이야. 지금 우리나라에서 벌어지고 있는 일에 대해 말하고 있는 거야. 그런데 네게는 이 도시가 세상의 전부인 모양이구나. 다른 곳에서는 사람들이 일자리와 집을 잃고 있는데도, 넌 전혀 관심도 없으니 말이야. 그렇게 무관심하고 태평한 네 태도가 엄마는 싫어!"

"잡지 줘!"

엄마는 잡지를 탁자에 내팽개쳤다.

방 안이 조용해졌다. 텔레비전에서 나오는 단조로운 목소리만 들릴 뿐이다. 엄마와 나는 텔레비전만 뚫어지게 바라보았다.

"미안해."

엄마가 먼저 말했다.

"정말 너에게 화가 난 건 아니었어. 정말이야. 하지만 네 무관심이 내 신경을 건드린 건 사실이야. 넌 행동하는 게 거의 없잖아. 엄마는 네 나이 때 미국 대사관에 돌을 던졌어. 엄마는 친구들과 함께 사슬로 몸을 묶고 저항했어. 결국 경찰이 우리를 끌고 갔지만."

"왜 그랬는데?"

"바보같이 좀 굴지 마."

"난 그런 짓은 안 해."

그때 엄마가 내게 등을 돌렸다.

"그 잡지 좀 다른 데서 읽을 수 없니? 텔레비전을 보는 데 방해가 되거든."

"왜 방해가 되는데?"

"그만 해!"

이제 엄마와 내가 다시 부딪칠 상황이다.

나는 화가 나서 잡지를 집어 들고 탁자를 확 밀치며 자리에서 일어섰다.

"엄마는 늙어 빠진 피곤한 정치인들 곁에 실컷 앉아 있어. 엄마의 관심을 끄는 건 남자들뿐인 것 같으니까."

나는 등 뒤로 문을 소리 내어 쾅 닫았다.

사흘 뒤 나는 열심히 뒤진 끝에 잡지를 다시 찾아냈다. 잡지는 신문 더미 속에 있었다. '오늘의 운세' 페이지가 펼쳐져 있었다.

3월 8일이다.

최근 들어 엄마와 나는 서로 거의 말을 하지 않은 채 피해 다닌다. 엄마는 오늘 있는 가장행렬에 대해서 한 번도 입에 올리지 않았다. 나도 마찬가지다.

가장행렬은 저녁 여섯 시에 시작된다.

엄마와 나는 말없이 함께 식사를 했다.

늦지 않으려면 어서 서둘러야 하는데……. 혹시 엄마는 동료들과 약속이라도 한 걸까?

나는 엄마에게 묻고 싶었지만 그 물음은 엄마가 물을 설거지통에 흘려보낼 때 같이 흘려보냈다.

설거지를 하는 걸 보니 엄마는 가지 않나 보네.

까만 털 재킷을 걸친 엄마의 가냘픈 등을 보고 있자니 내 마음이 아프다.

지금이라도 깜짝 놀란 표정을 지으며 간절한 말투로 엄마에게 왜 설거지를 하느냐고 물어볼까? 가장행렬을 보러 가려면 어서 서둘러야 할 판인데.

그러나 나는 그렇게 하지 않았다.

나는 식탁에서 일어나 잠깐 시리에게 다녀오겠다고 말했다.

함께 숙제를 해야 한다고.

엄마는 알겠다는 뜻으로 고개를 끄덕였다.

나는 시리에게 갔다. 시리와 나는 새로 산 음반을 듣고 차를 마시며 지난 금요일에 학교에서 있었던 디스코 파티에 대해 이야기했다. 시리와 춤을 춘 모르텐에 대한 이야기였다. 그러나 내 불안은 가시지 않았다. 여덟 시쯤에 나는 다시 집으로 돌아갔다.

엄마는 소파에 웅크리고 앉아 있다. 의자 팔걸이에는 커피 잔이 놓여 있다. 텔레비전 화면에서 나오는 푸른빛이 엄마의 얼굴 위로 어른거렸다. 뉴스는 곧 끝난다.

"이번에는 규모가 사천 명이네. 그렇게 많은 수는 아냐. 눈이 녹아서 길이 질척거리는 게 문제지. 시리에게 잘 다녀왔니?"

"응."

엄마는 나를 바라보지 않는다.

나는 망설이며 문턱에 서 있다.

엄마가 나를 바라보면 좋겠는데. 그러면 내가 살짝 웃으며 '내년에는 우리도 같이 가…….' 하고 말할 수 있을 텐데.

그러나 엄마는 나를 바라보지 않는다.

나는 부엌으로 갔다. 달걀과 버터를 냉장고에서 꺼냈다. 우유와 설탕도 꺼냈다.

와플 굽는 냄새가 나면 엄마가 틀림없이 올 거야. 나는 문만 열어 놓으면 돼…….

엄마가 온다. 그러나 엄마는 지금은 와플 먹을 생각이 없다고 했다. 오늘은 제때 잠자리에 눕고 싶다나.

"페터가 안네테와 같이 다니더라. 너 알고 있었니?"

잉에르의 느닷없는 질문에 나는 아무렇지도 않게 대답했다.

"아니. 페터와 안네테라면 잘 어울리겠네. 나와는 상관없는 일이지만."

"그래? 내 생각엔……."

"넌 온통 쓸데없는 생각만 하는구나."

바보 같은 잉에르는 몹시 궁금해하며 다 알겠다는 표정을 지었다.

멍청한 페터 같으니. 안네테와 사귀다니. 이제 나는 누구와 다녀야 하지? 카밀라는 언제나 자기 방에 틀어박혀 바느질만 하려고 드는데.

그러고 보니 나도 방에 틀어박히는 것 말고 달리 할 게 없다.

나도 마찬가지군.

엄마는 혼자 거실에 앉아 있다.

하루하루가 질질 끌리듯 아주 느리게 지나간다. 나는 아침에 눈뜰 때마다 왜 일어나야 하는지 모르겠다. 그런데도 아침마다 꼬박꼬박 일어나 학교에 가고 집에 돌아와서는 숙제를 하고 밥을 먹고 저녁이 되기를 기다린다.

“밖에 좀 나가. 저녁때마다 집에만 틀어박혀 있지 말고.”

엄마가 답답한지 내게 말했다.

“잔소리 좀 그만 해.”

날 좀 내버려 둬.

나는 이렇게 말하고 싶었지만 크게 소리칠 힘이 없다. 나는 엄마가 책과 찻잔을 들고 앉아 밥 딜런의 음반을 들을 때 엄마가 있는 방을 피해 다닌다.

말다툼 없이 조용하고 아무렇지도 않게 지내는 가운데 엄마와 나 사이에는 불안의 조짐이 서서히 올라오고 있었다.

나는 잠시도 가만히 있지 못하는 성격이다. 하지만 이런 분위기에서는 아무것도 할 수 없다.

경멸에 가득 찬 눈길로 거울 속의 나를 뚫어지게 바라보았다. 내 모습은 엄마의 말없는 눈길이 말하고 있는 것처럼 너무도 절망적이다.

나는 침대에 누워 손을 머리 아래에 받치고는 꼼짝하지 않고 누운 채 천장을 뚫어지게 바라보았다.

내가 지금 움직이면 폭발할 거야. 그러면 나는 팡 하고 터져 버리겠지.

"부활절 휴가 때 리자 이모를 오두막에 초대하고 싶은데."

엄마가 말을 꺼냈다.

순간 내 머리에서는 '안 돼. 싫어.' 하는 생각이 떠올랐다.

리자 이모는 주도권을 쥐고 마음대로 할 게 뻔해. 그리고 엄마는 이모가 하는 대로 그냥 따를 테고.

"이모는 작년에 이혼하고 혼자 지낸 뒤부터 무척 의기소침해 있어."

엄마가 말을 이었다.

"같이 갈 수 있다면 틀림없이 좋아할 거야."

엄마와 이모는 최근에 다시 결혼한 욘 삼촌에 대해 이야기하겠지. 그것도 삼촌보다 열다섯 살이나 어린 여자하고 결혼한 것에 대해서 말이야. 리자 이모의 경멸에 찬 가느다란 목소리는 또 어떻고. 그리고 엄마는……. 엄마는 남자에 대해서는 아예 입에 올리지도 않을 거야. 아빠에 대해서조차 한 마디도 안 하니까.

그러자 이런 생각이 들었다.

좋아, 리자 이모가 함께 가야 한다면 굳이 내가 같이 갈 필요는 없겠지.

"난 할머니한테 가고 싶어. 리자 이모가 엄마와 같이 간다면 나는 할머니에게 가도 되잖아. 할머니를 못 본 지 너무 오래되었어."

내가 말했다.

"하지만……. 리자 이모 얘기는 그냥 제안일 뿐이야. 이모를 꼭 초대하지 않아도 돼."

"이모야 당연히 초대해야지."

"넌 여름 방학 때 할머니에게 갈 거잖아. 그러니 지금 갈 필요는 없잖아……."

내 마음은 확고부동했다. 할머니를 생각하자 마음속이 따뜻해졌다. 나는 할머니에게 가는 것 말고는 바라는 게 없었다.

나는 엄마의 당황한 얼굴을 외면했다. 갑자기 생긴 이 기쁨과 기대가 엄마 때문에 망가져서는 안 되니까.

기차를 타면 할머니 집까지 두 시간이 걸린다.

나는 가는 동안 내내 눈을 감은 채 얼마나 왔는지 맞추는 놀이를 했다. 그러고는 눈꺼풀을 살짝 들어 올려 창밖을 바라보았다. 이것은 내가 예전에 하던 놀이다. 할머니에게 좀 더 자주 갔던 그때에 말이다.

엄마와 아빠는 승강장에 서 있다. 엄마는 손짓을 하고 살짝 웃고 시계를 본다. 그리고 다시 손짓을 하지만 더 이상 미소를 짓지 않고 시계만 본다.

아빠가 손짓을 한다. 아빠는 반쯤 열린 창문 아래 서서 내가 있는 쪽을 올려다본다. 아빠의 표정이 진지하다. 그리고 눈은…… 나를 불안하게 만든다. 기차가 덜컹하며 출발한다. 아빠의 입술 모양이 글자가 된다. 나는 아빠의 말을 이해하지 못한 채 창틀을 더욱 꽉 붙든다.

나 내릴래. 여기 혼자 있지 않을래. 아빠 옆에 있을래.

엄마는 어느새 승강장을 따라 걷는다. 기차가 더욱 빨리 달린다. 그러나 아빠는 여전히 그 자리에 서 있다. 아빠의 눈길은 내가 할머니 집에 도착할 때까지 내내 나를 따라다닌다.

나는 눈을 뜬다.

이런 상상이나 하면서 갇혀 지내고 싶지 않아.

차창 밖으로 물기를 머금은 녹색 가문비나무와 회백색 눈이 보인다.

나는 일곱 살이 되던 해 봄에 처음으로 혼자 할머니 집에 갔다. 그 다음부터는 늘 엄마와 함께 다녔다.

할머니는 지금 키가 작고 머리가 백발이다. 그러나 할머니도 가느다란 암갈색 눈으로 아빠를 바라보던 때가 있었다. 그때는 머리도 세지 않았다. 갈색 곱슬머리에 어깨도 똑바르고 옷도 우아하게 걸쳤다. 치마는 장딴지 중간까지 올라가 있다. 제2차 세계 대전이 끝난 직후 할머니의 모습이다. 할머니 옆에 있는 유모차에 누워 있는 어린 사내아이가 아빠다.

할머니는 나를 두 팔로 꽉 잡고 끌어당긴다. 참 이상한 일이다. 나는 할머니보다 머리가 반 정도나 더 큰데도 할머니 앞에서는 어린아이가 되니 말이다.

나는 할머니가 나를 이렇게 껴안는 것을 아주 당연하다고 여긴다. 하지만 엄마가 나를 끌어안는 것은 낯설다. 엄마와 나는 이런 식으로 몸을 접촉하는 일이 없다.

엄마는 왜 할머니 집에 같이 오려고 하지 않는 걸까?

"널 이렇게 다시 보다니 얼마나 기쁜지 모르겠구나."

할머니가 나를 놓아주며 말했다.

할머니는 소형차를 몰아 시내를 뚫고 계속 산길을 따라 달리며 쉴 새 없이 말을 했다. 내가 대답할 필요가 없는 말들이다. 나는 할머니의 목소리에 귀만 기울이면 된다. 커다란 빨강 목조 집에는 따뜻한 곳과 추운 곳이 있다. 부엌과 내가 할머니 집에 갈 때마다 잠을 자는 남쪽 방이 가장 따뜻하다.

"이틀 전부터 위쪽에 불을 지폈단다. 늦겨울이라 이곳은 늘 습하고 춥거든."

할머니가 말했다.

나는 창문을 열고 집 안을 둘러보았다.

모든 게 그대로야. 술 장식이 달린 침대보, 파란색 벽지, 비밀 서랍이 있는 책상, 벽에 걸린 사진들.

나는 가까이 다가가 사진을 살펴보았다.

이건 곱슬머리에 가장무도회 옷을 걸친 할머니네. 유모차에는 아빠가 있고. 이건 학교 걸상에 팔짱을 끼고 앉아 있는 아빠잖아. 치아 교정기를 한 채로 카메라 앞에서 살짝 웃고 있군. 긴 머리를 하고 입술을 꽉 다문 채 할머니 눈처럼 길쭉한 눈매의 아빠 사진도 있네.

나는 이 사진에 내 모습을 비추어 보았다. 집에 있는 것처럼 편안한 자세로 반짝이는 액자 유리에 내 얼굴을 비춰 보려고 애썼다. 나는 아빠의 얼굴 표정을 따라 반항적이면서도 수줍어하는 표정을 지어 보았다.

어렵지 않네. 아빠가 나야. 아빠와 나는 하나야.

그때 내 시선을 끄는 사진이 하나 더 있었다. 여태껏 걸려 있지 않았던 사진이었다. 의자에 앉아 있는 아빠와 아빠의 어깨 너머를 바라보는 엄마의 사진이었다.

할머니는 왜 이 사진을 걸어 놓았을까?

이 방은 예전에 아빠가 쓰던 곳이다.

이제는 내 방이야. 여기는 엄마가 올 곳이 못 돼.

나는 재빨리 이 사진을 벽에서 떼어 냈다. 그러고는 잠시 망설이며 서 있다가 다시 사진을 벽에 조심스럽게 걸었다.

대체 무슨 일일까? 할머니는 왜 이 사진을 걸어 두었을까?

아래로 내려가자 부엌에서 따뜻한 수프 냄새가 풍겨 왔다.

"할머니, 그 사진 왜 걸어 놓았어요? 엄마 아빠 결혼사진이요."

할머니는 김이 잔뜩 서린 부엌에서 나를 바라보았다.

"어쩌면 네 엄마가 한 번쯤은…… 올 거라고 생각했어. 함께 올 거라고……."

할머니는 시내에 있는 작은 병원에서 간호사로 일한다. 부활절 연휴 때도 근무가 잡혀 있다. 하지만 상관없다. 나는 혼자서도 잘 지낼 테니까.

나는 잠을 잤다.

첫날에는 오전 늦게까지 늘어지게 잤다. 그 다음에는 할머니와 낮잠도 잠깐 잤다. 할머니와 나는 일찍 잠자리에 든다. 다음 날 아침 내가 눈을 뜨자 침대 옆 탁자에 김이 모락모락 나는 차 한 잔이 놓여 있었다. 할머니는 문 너머에서 손짓하며 "안녕 내 새끼!" 하고 인사했다.

나는 차를 세 모금으로 나누어 마셨다. 이제 정말 일어나야 할 시간이다.

조금 더 이불 속에 파묻혀 있고 싶은데.

문이 다시 열린다.

그러나 이번에 들어온 사람은 할머니가 아니다.

나는 이 걸음걸이를 안다.

내 뺨에 닿는 손과 내 머리를 쓰다듬는 이 손가락을 안다.

아빠가 오리라는 걸 알고 있었다.

아빠, 이쪽에 좀 와서 앉아 봐. 손을 떼지 마.

왜 벽 뒤에서 큰 소리로 말하는 거야? 그 때문에 나는 잠을 잘 수가 없잖아. 아빠 다시 엄마에게 가지 마. 여기 내 옆에 있어야 해. 아빠가 가면 소리를 지를 테야.

나는 소리를 지른다.

내 소리를 듣는 사람은 아무도 없다.

그는 저 위에 앉아 있다. 아빠 방 창문 아래쪽에 있는 책상 옆이다. 그는 햇빛에 둘러싸여 있고, 곱슬머리가 머리를 후광처럼 감싸고 있다. 얼굴은 내가 있는 쪽을 향하고 있는데, 완전히 그늘에 잠겨 있다.

왜 비밀 서랍을 뒤졌니? 누가 네게 그걸 알려 주었지?

나는 이불 속에서 몸을 작게 웅크린다.

나는 이 소년을 몰라.

그때 소년이 웃는다. 나는 이 웃음을 알고 있어!

소년은 괜찮다고 말한다.

저기에 예쁜 것이 몇 개 더 있는데, 아무도 모르게 나와 나누자. 비로드처럼 매끄러운 돌도 있어. 반점이 찍힌 새알과 날이 네 개 달린 소형 호주머니 칼 그리고 하모니카도 있지.

나는 알겠다는 뜻으로 고개를 끄덕인다.

하지만 다른 비밀 서랍, 그건 내 거야.

그 비밀 서랍은 아무도 모르는데.

소년이 작은 목소리로 속삭인다.

하지만, 하지만, 부탁이야. 나눠 갖자.

절대 안 돼.

소년이 일어선다.

가지 마!

소년이 더 이상 창 앞에 앉아 빛을 막지 않자 방 안은 햇빛에 온통 하얗게 번쩍인다. 눈이 따갑다.

나는 잠에서 깨어났다. 잠옷이 내 몸에 짝 달라붙어 있었다. 가슴이 쿵쿵 뛴다. 하지만 주위에는 아무도 없다.

"할머니, 있잖아……."

"뭐가?"

"아, 아무것도 아니에요."

할머니와 나는 후식을 먹었다. 후식은 할머니가 정원에서 손수 가꾼 배로 만든 것이다. 후식 위에는 생크림이 듬뿍 얹혀 있다.

"너무 많이 잤어요."

내가 한탄하듯 말하자 할머니가 대꾸했다.

"실컷 자 두렴."

"하지만 피곤하지 않은걸요. 이렇게 잠만 잘 줄 몰랐어요."

"성장통인 모양이구나. 발육이 왕성할 때는 쉽게 피곤해지거든."

할머니가 말했다.

"전 더 이상 자라지 않는데요. 작년에는 일 센티미터도 자라지 않았어요."

"나도 이 정도만 자랄 줄은 몰랐단다."

할머니가 나를 보며 웃었다. 그리고 내 접시가 있는 쪽으로 손을 뻗으며 식탁에서 일어났다.

"내일은 자동차를 타고 산으로 가서 스키나 타자꾸나. 할머니도 성목요일(예수가 죽은 전날로, 밤에 예수가 열두 제자와 최후의 만찬을 베풀고 성체 성사를 제정한 것을 기념하는 날-옮긴이)까지 쉬거든."

"네, 좋아요. 그런데 할머니? 이 책상에 비밀 서랍이 더 있어요?"

나는 자리에 그대로 앉은 채 할머니에게 물었다.

할머니가 설거지를 하다가 내 쪽으로 몸을 돌렸다. 그리고는 묻는 듯한 표정으로 나를 바라보았다.

"없는 것 같은데. 넌 엉뚱한 질문을 잘 하는구나……. 이리 와서 행주질하는 것 좀 도와주렴."

할머니와 나는 스키를 탔다. 할머니가 먼저 오렌지와 초콜릿이 들어 있는 배낭을 메고 넓은 목재 스키에 올라탔다. 태양이 할머니와 나를 비추었다. 산은 금색의 술처럼 반짝거렸다.

그 다음에 할머니와 나는 시내에 들렀다. 할머니는 새빨간 더플코트를 입고, 하얗게 센 머리에 뜨개질한 녹색 모자를 썼다. 이런 차림을 하니 할머니가 어린 소녀처럼 보였다.

할머니와 나는 집에 돌아와서 빵을 구웠다. 세 개는 아이스박스에 넣을 것이고 하나는 오늘 저녁에 먹을 것이다. 껍질이 바삭바삭하게 잘 구워진 신선한 통밀빵을 만들 것이다. 할머니와 나는 각자 반죽을 했다. 나는 할머니의 동작을 따라하려고 손에 힘을 줘며 무진 애를 썼다. 할머니도 내 노력이 가상했는지 고개를 끄덕여 보였다. 나는 신이 나서 반죽을 부풀렸다.

"할머니, 내가 예쁜 것 같아요?"

"예쁘냐고?"

"남자 친구 없이 지낸 지 벌써 꽤 되었거든요. 아무도 더는 날 쳐다보지 않아요."

할머니가 살짝 웃었다.

"어디, 할머니를 속이려고. 네가 아무도 쳐다보지 않는 게 아니고?"

나는 내가 묵고 있는 방의 창틀에 몸을 기댔다. 꽁꽁 언 호수가 남쪽으로 쭉 펼쳐져 있는 게 보였다. 곧 저녁이 되건만 하얀 호수 면이 계속 빛난다. 쌓인 눈이 진주처럼 빛을 깜박인다.

마지막 날 저녁이다.

내일이면 집에서 다시 동네 지붕들을 바라보겠지.

내일이면 엄마와 단둘이 있게 되겠지.

집으로 돌아가고 싶지 않아.

이런 생각은 밖에서 오는 게 아니다. 마음속 어딘가에서 툭 튀어나와 하나로 모여 말이 되고 결심이 된다.

이 결심은 저 위의 비밀 서랍 속에 숨길 수 있어. 아무도 찾지 못할 거야. 내가 이런 생각을 했다는 걸 아무도 모를 거야.

내일이면 나는 집으로 돌아간다.

내가 집으로 돌아간 것은 잉에르에게 돌아간 것이다.

집에 온 첫날 오후부터 벌써 잉에르가 문 앞에 서 있었다.

"네가 돌아와서 얼마나 기쁜지 몰라. 그동안 심심해서 죽는 줄 알았거든."

잉에르는 더 이상 토미와 다니지 않는다. 부활절 방학 동안 토미에게 다른 여자 아이가 생긴 것이다. 잉에르가 어깨를 들썩이고는 숨을 헐떡이며 말했다.

"곤충 채집에 대해선 한 마디 말도 없었어. 나쁜 놈 같으니! 다른 계집애랑 날라 버렸어. 헤어지자는 말 한 마디 없이."

잉에르는 번득이는 눈길로 나를 바라보더니 눈을 깜박였다.

"음, 우리 뭐 할까?"

나는 고개를 끄덕였다. 하지만 다시는 잉에르와 함께 아무것도 하지 않겠다고 작정했었다.

사람을 속일 수 있는 아이니까. 잉에르는 당해도 쌌다.

그런데 단단히 마음먹었던 걸 벌써 까먹다니. 잉에르가 내 앞에 있는 게 기쁘다. 잉에르가 나에게 온 게 기뻤다.

잉에르라도 붙잡아야 해.

나는 손으로 잉에르의 팔을 어루만지며 손목을 잡았다.

"할머니한테서 용돈을 많이 받았어."

나는 이렇게 말문을 열었다.

"극장에 가자. 아니면 뭐 먹으러 갈까? 감자튀김을 못 먹은 지 얼마나 오래되었는지 몰라."

잉에르와 나는 집을 나섰다.

나는 짐을 풀 시간조차 없었다. 엄마에게도 인사를 제대로 하지 못했다.

잉에르와 시내에 갈 거야.

할머니는 아주 멀리 있다.

나는 잉에르와 함께 지냈다.

잉에르는 잠시도 가만히 있지 못했다. 일을 벌이고 싶은 욕구가 너무 강해서 겁이 없다. 그리고 나라면 절대 지나칠 수 없는 많은 것들을 우습게 여기고 조금도 아쉬워하지 않았다. 잉에르와 함께라면 나도 감히 그렇게 할 수 있을 것 같다.

할머니와 함께 한 부활절 휴가는 어느덧 실감이 나지 않는다.

왜 실감이 나지 않는 걸까?

잉에르는 종종 수업을 빼먹는다. 특히 물리 수업을 땡땡이친다. 나는 물리를 싫어하지 않는다. 수학에 대해서도 거부감이 없다. 그런데도 잉에르와 함께 그 수업을 빠지곤 했다.

학교 정문 바로 앞이 시내다.

눈이 녹기 시작하여 질척질척하더니 어느덧 사라졌다. 장화 뒤꿈치가 축축한 아스팔트에 무척 맵시 있게 부딪치며 소리를 냈다. 시내에는 낯선 얼굴의 길거리 가수들이 많았다. 해가 짙은 안개 바로 뒤에 떠 있었다.

지붕 위로 솟아 있는 하늘은 얼마나 높은가!

강한 햇빛 때문에 나는 꼭꼭 여민 겨울 재킷을 열어젖혔다.

몸 전체가 근질근질했다. 시내를 쏘다니며 검은 머리 남자가 기타로 연주하는 고전 록 음악을 감상하는 기쁨 때문일까? 아니면 이번 주에 벌써 두 번씩이나 학교 수업을 빼먹은 것에 대한 불안 때문일까?

"오늘 저녁에 클럽에서 디스코 파티가 있어."

잉에르가 이렇게 말하며 새로운 사실도 알려 주었다.

"스벤과 토마스도 간대. 그런데 스벤 너무 멋지지 않니?"

나는 고개를 끄덕였다.

잉에르의 수다가 계속된다.

"저 위쪽 구두 가게에 안 갈래? 진짜 멋진 구두가 있어. 굽은 또 얼마나 가는지 몰라……."

햇빛이 안개의 베일을 뚫고 비친다. 머리가 따뜻해진다. 인도에서 김이 올라온다.

나 혼자라면 좀 더 서 있을 텐데.

"숙제는 하고 다니는 거니?"

엄마가 물었다.

“집에 있는 날이 거의 없구나.”

“숙제는 아주 잘 하고 있어.”

“그래?”

“엄마, 나 여름 구두가 필요해. 잉에르와 내가 아주 멋진 구두를…….”

“그만! 그만 해! 잉에르가 다시 나타난 뒤로 집에서 네가 하는 말이라고는 잉에르의 말을 메아리처럼 되풀이하는 것뿐이야. 잉에르처럼 말하고 잉에르처럼 행동하고. 게다가 생각마저도 잉에르와 똑같아. 어쩜 그럴 수 있니. 내 딸이 점점 어른이 되고 있다고 믿었는데!”

나는 침대에 누워 팔로 눈을 가렸다. 머릿속이 윙윙 울렸다. 온통 나 자신을 변명하고 싶은 말들뿐이다. 나는 그 말들을 분리해 낼 수 없다. 생각이 제대로 정리되지 않는다.

엄마는 잉에르를 성실하지 않다고 여긴다.

그렇다면 나에 대해서는 어떻게 생각할까?

잉에르보다도 훨씬 못하다고 여길 거야. 내가 변변치 못해서 클럽에 갈 주제도 못 된다고 여길 거야. 또 잉에르를 당해 내지 못할 거라고 생각할 거야.

카드 놀이를 하고 이야기를 하고 웃고 춤추는 것도 못할 거라고 생각하겠지…….

나는 춤을 춘다!

아이를 그렇게 이리저리 흔들지 말아요. 아이가 어지러워하는 게 안 보여요?

나는 재미있는데!

나는 공중에 떠서 날아다닌다. 세상이 빙빙 도는 것처럼 보인다. 힘센 손이 내 손목에 느껴진다. 그의 웃음소리가 들린다. 나는 너무 놀라고 기쁜 나머지 날카롭게 비명을 지른다.

그는 나를 흔드는 걸 그만두고 나를 내려놓는다. 그러나 내 어깨를 팔로 꽉 감싸고 있다. 약간 축축한 갈색 피부에 까만 머리, 기분 좋은 땀 냄새가 풍긴다.

이제 아이를 놓아줘요. 내가 침대로 데려갈게요.

나는 싫다고 소리를 지른다.

알았어. 이제 조용히 해. 우리 파이를 먼저 먹자. 네가 좋아하는 거잖아. 그 다음에 책을 읽어 줄게.

난 파이도 싫고 책도 싫어. 그냥 공중에 떠서 날아다닐래.

나는 파이도 먹지 못하고 책도 읽지 못한 채 침대에 눕혀진다.

나는 더욱 크게 소리를 지른다.

이건 아냐!

이건 아냐!

나는 팔을 눈에서 뗀다. 하늘은 여전히 넓고 우유처럼 하얗다. 이상한 빛이 저 밖에서 날 유혹하는 것 같다.

엄마가 없어도 아쉬울 것 없어!

내 몸은 무겁고 말을 잘 듣지 않는다.

하늘은 서서히 어두워지고 빛이 사라진다.

엄마가 들어오자 나는 깜짝 놀랐다.

"나 할머니에게 갈래. 할머니 집에 가지 않은 지 오래되었어. 엄마도 같이 갈래?"

"아니."

엄마가 나간다. 현관문이 닫히는 소리가 난다.

나는 이것으로 엄마에게서 벗어난다.

나는 미끄러지듯 사다리를 내려와 스웨터를 벗고 헐렁한 블라우스를 걸치고 화장품 가방을 가져왔다. 보통 때보다 더 진하게 화장을 한다. 그리고 엉킨 머리가 매끄럽게 잘 빗겨질 때까지 계속 빗는다.

나는 문을 쾅 닫고 계단을 내려갔다. 왠지 모르지만 엄마가 돌아오기 전에 집에 돌아와야만 할 것 같다.

머릿속이 윙윙거린다. 온통 나 자신을 변명하고 싶은 말들뿐이다. 내가 그 말들을 분리해 낼 수 없다고 이미 말하지 않았나!

"네가 이렇게 계속 결석하면 어머니께 알릴 수밖에 없구나."

담임선생님의 말에 나는 불안해하는 목소리로 대답했다.

"안 돼요. 다시는 수업 빼먹지 않을게요. 약속해요. 선생님."

"그럼, 왜 아무런 변명도 하지 않는지 설명해 봐."

"안 돼요."

담임선생님은 날 집요하게 바라본다.

나는 아무 말도 하지 않았다. 하지만 더는 수업을 빼먹지 않을 생각이다.

"저녁때마다 그렇게 나돌아 다니기만 할래?"

엄마가 말했다.

잔소리 좀 그만 해! 날 좀 내버려 둬.

나는 이 말을 큰 소리로 할 수 없다. 하지만 엄마가 책을 끼고 찻잔을 든 채 스웨덴 여가수 마리 베르크만의 음반을 들으며 앉아 있는 방을 피해 다녔다.

"네 얼굴 보기 정말 어렵다."

카밀라가 서운한 표정으로 말했다.

"너한테는 잉에르뿐이지."

카밀라의 말이 내 마음을 찌른다.

나는 엄마와 학교와 카밀라에게 소홀한 것에 양심의 가책을 느꼈다.

이렇게 인정 없는 사람이고 싶지 않은데.

하지만 오늘 저녁에는 극장에 가고 싶어. 그것도 잉에르와 스벤과 토마스와 함께 말이야!

카밀라가 내게 물었다.

"오늘 저녁에 우리 집에 올 수 있니?"

"안 돼. 극장에 가기로 했어……. 하지만 내일은……."

"내일은 내가 안 돼."

"그래. 알았어……."

밤인데도 무척 밝다. 시 북쪽에 있는 산들은 하늘과 뚜렷하게 대조를 이루고 있었다. 녹색 띠와 같은 산 앞에 어둠이 까만 선을 그리고 있었다.

"안 돼."

나는 속삭이듯 말했다.

"그렇게 꽉 잡지 마……. 목을 잡지 마."

토마스와 나는 도시가 내려다보이는 발코니에 앉아 있다. 토마스 집에서 파티가 열리고 있는 중이다. 열린 거실 문 사이로 아주 조용한 음악이 흐른다. 거실 안쪽은 고요하고 어둡다. 거실에는 어둠이 깔려 있다. 그러나 이곳 발코니는 너무 환할 정도로 밝다.

토마스의 얼굴이 점점 더 또렷해진다. 눈은 반쯤 감았고 촉촉한 입은 벌어져 있다. 토마스에게서 맥주와 땅콩 그리고 담배 냄새가 난다. 토마스의 머리카락은 비단처럼 부드럽게 내 손가락 아래에서 곱슬곱슬 말린다.

나는 애무 자국이 겉으로 보이는 상태로 집에 돌아가고 싶지 않았다. 내가 입은 스웨터가 너무 많이 파였기 때문에 토마스는 그보다 훨씬 아래쪽을 애무해야 했다.

날이 곧 밝을 것 같다.

"이제 가야 해. 한 시까지는 집에 들어가 있어야 하거든. 벌써 꽤 늦었을 거야."

파티가 한창 무르익고 있어서 다행이다. 나 혼자 빠져나가도 모를 테니 말이다.

나는 집들 사이에 깔려 있는 어둠이 고마웠다. 내 얼굴을 드러내 보이고 싶지 않으니까.

엄마가 기다리지 않았으면 좋겠는데.

희미한 불빛이 커튼 틈새를 비집고 나왔다.

아니, 왜 이렇게 어둡지?

나는 안심하고 계단을 살금살금 올라가 가능한 한 소리 없이 문을 열었다.

집 안은 아주 캄캄했다.

드디어 엄마가 내게 이런 자유를 허용하다니 얼마나 다행인지 모른다. 실제로 나는 두 시간이나 늦게 돌아왔다. 하지만 집에 왔다. 그것도 무사히.

그런데 집 안에 뭔가가 있다는 느낌이 든다.

엄마는 내가 어릴 적 밤 인사를 하고 책을 읽고 있을 때면 몰래 살금살금 걸어 다녔다. 나도 엄마가 했던 것처럼 살금살금 걸어가 안락의자 위쪽에 있는 독서용 전등 갓 밑에 손을 넣었다. 전구가 뜨거웠다.

엄마와 나는 일요일에 외갓집에서 식사를 했다. 신선한 완두콩과 소스를 듬뿍 곁들인 쇠고기 구이가 식탁에 올랐다. 우리 집에서는 도통 맛볼 수 없는 음식이다. 나는 세 접시나 먹어 치웠다.

내 모습을 보고 외할머니의 눈썹이 약간 올라갔다.

"너 아이를 굶기는 모양이구나. 나는……."

"말도 안 돼요."

엄마는 소스가 뿌려진 고기 접시에서 손을 뗐다.

"고기가 정말 맛있어요, 할머니!"

나는 엄마의 눈길을 피하며 말했다.

"네가 가끔씩이라도 제대로 된 점심을 차려 주어야지."

외할머니가 이렇게 말하며 한 마디 덧붙였다.

"너는 더 안 먹니?"

"네, 됐어요. 배불러요. 두 사람 먹자고 큰 고깃덩어리를 요리한다는 게 얼마나 바보 같은 짓인지 너도 잘 알지? 게다가 너무 비싸고."

"벌써 여러 해가 지났구나."

외할머니가 말을 돌려 화제를 바꿨다.

"너무 오래 혼자 사는 건 좋지 않아. 생각 좀 해 봤니……."

"그만 좀 하세요! 난 아주 잘 지내고 있어요."

엄마가 의자를 급히 뒤로 밀고는 자리에서 벌떡 일어나 접시를 모아 부엌으로 갔다. 그러자 외할머니가 소스 그릇을 들고 서둘러 엄마를 뒤따라갔다.

외할아버지와 나는 커다란 식탁에 그대로 앉아 있었다. 나는 하얀 종이 냅킨을 천천히 잘게 찢었다. 외할아버지는 손가락으로 테이블보를 소리가 들릴락 말락 하게 톡톡 두드렸다.

"그래, 그래. 오늘은 후식이 뭘까 궁금하구나."

나는 작고 약하지만 기대감에 들뜬 목소리로 대답했다.

"아이스크림 아닐까요?"

밖에는 피가 퍼붓고 있었다. 가느다란 빗줄기가 천천히 유리

창 아래로 흘러내렸다.

외할아버지는 환기를 위해 정원으로 향하는 문을 열어 두었다. 밖에서는 수선화와 튤립이 화려한 자태를 뽐내고 있었다. 축축한 습기가 과일나무들 사이로 밀려오고, 짙은 녹색 풀에서는 향내가 풍겼다.

나는 열린 문 앞에서 눈을 감고 서 있다. 여름은 저 밖에 숨어 있다. 비옥함과 따스함과 생명이 숨겨져 있다.

엄마는 부엌에서 설거지를 했다. 엄마는 혼자 설거지하는 걸 좋아한다. 외할아버지는 안락의자에서 주무신다. 외할머니는 그곳에 없다. 하지만 어딘가에 있을 것이다.

엄마는 왜 재혼하지 않았을까?

나는 사진첩을 들고 소파에 앉았다.

사진 속에 엄마가 있다.

엄마의 얼굴 표정은 진지하고, 매끄러운 긴 머리는 말 꽁지처럼 묶여 있었다.

엄마와 리자 이모와 외할머니가 함께 찍은 사진도 있다. 리자 이모는 외할머니 옆에서 살짝 웃고 있다. 그 옆에 있는 엄마는 무척 마른 데다 키도 작다. 팔은 뻣뻣하게 아래로 늘어뜨리고 있다.

또 다른 사진도 있다. 초미니스커트를 입은 엄마의 사진이다……. 이 사진 속의 엄마는 거의 어른이다. 엄마는 머리를 풀어 헤치고 뒤로 젖힌 채 사진기를 정면으로 바라보며 웃고 있다. 맨발로 아스팔트 위에 서서 말이다.

외할머니가 내 옆 소파에 앉았다.

"아, 이 사진."

외할머니가 말을 꺼내고 기억을 더듬었다.

"이렇게 짧은 치마를 본 적 있니? 네 아빠가 찍은 사진이구나. 두 사람은 그해 여름에 처음 알게 되었지. 그때는 무척 어렸어. 너무 어렸지."

"리자 이모 사진은 왜 이렇게 많아요?"

내가 물었다.

"엄마 사진은 거의 없네요."

"그러니? 그렇겠지. 네 엄마는 모든 것이 쉽지 않았거든. 특히 고등학교에 다닐 때 그랬어. 어렸을 때는 무척 반듯했지. 말도 잘 듣고 조용했어. 그런데 큰 소리로 떠드는 네 아빠를 만난 다음부터 네 엄마는 변한 것 같았어. 모든 게 뒤죽박죽이 되었지. 우리는 네 엄마를 말릴 수 없었단다. 반대로 리자 이모는……."

"엄마에 대해 좀 더 이야기해 주세요."

"결국 전부 제자리를 찾았다는 건 너도 알 거야. 뜻밖에 널 임신한 것을 알았을 때는 물론 나도 충격이 컸지. 하지만 모든 게 다 제대로 돌아갔어. 두 사람이 결혼해서 얼마나 다행이었는지 몰라."

나는 더 많은 것을 알고 싶었다. 하지만 더 알아서 뭐 하겠어?

외할아버지가 안락의자에서 코를 골자 외할머니는 외할아버지를 깨우려고 자리에서 일어났다. 그때 엄마가 쟁반에 커피를 들고 나타났다.

엄마와 나는 외할머니가 만든 얇은 아몬드 쿠키를 커피와 함께 먹었다. 엄마는 머리가 아프다며 빨리 집으로 가고 싶어 했다.

비가 그쳤다.

근처 정원에서 엷은 푸른색 연기가 올라왔다. 쓰레기를 태우는 모양이다. 아스팔트에서도 김이 올라왔다.

오월에 우리 반 아이들은 대부분 견진 성사(세례 성사 다음에 받는 의식-옮긴이)를 받는다. 잉에르와 카밀라, 안네테와 토미, 페터도 견진 성사를 받는다. 모르텐은 운동장에서 양복을 입고 폼을 잡는다. 모르텐은 다른 아이들에 비해 몸집이 작고 마른 편이다. 양복을 입으면 엄청 우스꽝스럽게 보일 게 뻔하다. 아이들은 모르텐의 몸짓을 보고 웃는다. 그러나 정작 모르텐은 무척 진지한 표정으로 아이들을 바라본다.

쉬는 시간에 확성기에서 록 음악이 쾅쾅 울렸다. 그 바람에 웃음소리가 더욱 커졌다. 모르텐은 광대 표정을 지은 채 원을 그리며 왔다 갔다 했다. 나는 친구들과 있으면 무척 친밀한 느낌이 든다. 이 속에 있으면 얼마나 마음이 따뜻하고 좋은지 모른다.

견진 성사를 받지 않는 사람은 나 혼자뿐일 것이다.

나는 세례를 받지 않았다. 세례를 받겠다는 생각은 한 번도 해 본 적이 없다. 내게 세례 받으라고 권한 사람도 없었다.

나중에 교실에 앉아 생각하니 세례를 받지 않은 것은 결코 내 자신이 내린 결정이 아니었다. 대체 내가 무슨 생각을 하고 있고 무엇을 원하는지는 나 자신도 몰랐다. 내가 아는 것은 그런 생각조차 해 보지 않았고, 그것을 아주 당연하게 여겼다는 것뿐이다.

"네 열여섯 번째 생일에 파티를 열자."

엄마가 말을 꺼냈다.

"외할아버지와 외할머니, 리자 이모와 스텐과 안네를 초대해 도 돼."

"그리고 할머니도."

"그래 생각해 보자. 어쩌면 가능할 거야. 그때까지는 아직 시간이 있으니까."

이것은 늘 반복되는 의례적인 대답이다. 나는 이 대답의 의미를 알고 있다. 그래서 더는 파티에 대해 생각하지 않는다.

여름 방학까지는 아직 이 주가 남았다.

반 아이들과 나는 졸업반 학생들이 노르웨이어 시험을 보고 오는 걸 보았다.

내년이면 우리 차례다.

학교생활이 언젠가 끝난다는 게 좀처럼 실감이 나지 않는다. 우리가 헤어진다는 게 믿어지지 않는다.

난 뭘 해야 하지?

상급 학교에 진학하겠지. 그래, 학교생활은 결코 끝나지 않을 거야.

나는 여름 방학 동안 식료품 가게에서 다시 아르바이트를 하기로 했다. 유월 말부터 사 주 동안 말이다. 일하는 시간은 전보다 늘어나지만 그래도 오후만큼은 내 자유 시간이다. 여름 방학 때 나는 돈을 벌 것이다.

마지막 수업을 알리는 종소리가 울렸다. 역사 시간이다. 똑같은 생활이 또 반복된다.

프랑스 왕과 황제.

칠레에서 무슨 사건이 터졌다. 어제 저녁 텔레비전에서 들었다. 무슨 일인지, 왜 그렇게 되었는지는 나도 모른다.

레바논에서도 일이 생겼다. 이스라엘과 이란에서도 사건이 터졌다. 이스라엘과 이란은 서로 무자비하게 죽인다. 나는 그 이유가 무엇이냐고 묻는다.

왜 그런 일이 생겼는지 누가 나에게 말 좀 해 줘.

그리고 폴란드와 아프가니스탄과 니카라과와 남아프리카에서도 일이 생겼다.

나는 공부를 한다.

나는 머리를 쓰고 몸을 쓴다.

조용한 교실은 마비된 것처럼 활기가 없다.

아이들은 눈을 뜬 채 잠을 잔다.

선생님의 수업은 작년과 똑같다. 그리고 재작년과도 똑같다. 또 그전 해와도 똑같다…….

일주일 뒤면 성적표가 나온다. 이 주 뒤에는 학교생활은 실감이 나지 않을 정도로 아득한 일이 될 것이다. 쉬는 시간이나 계단을 오르내렸던 일 그리고 앉아서 공부했던 의자들만이 떠오를 것이다.

나는 칠월 말에 일주일 동안 잉에르를 오두막에 초대할 생각이다. 그래서 엄마에게 그렇게 하겠다고 이야기했다.

엄마는 좋다고 말했다.

나는 그때 엄마가 반대하면 그전처럼 엄마와 함께 산에서 오래 지내지 못할 거라고 생각했다.

엄마와 나는 식탁 너머로 서로를 바라보았다. 말은 한 마디도 나누지 않았다.

나는 엄마가 내 마음을 읽는다는 걸 알 수 있어. 내 마음을 알고 있다는 것도 말이야.

이럴 때 내가 손을 뻗어 엄마의 손을 잡으면 좋을 텐데.

엄마와 나는 그렇게 하지 않는다.

"사무실 동료 하나가 오늘 맥주 한 잔 하자고 그러네."

엄마가 말을 꺼냈다.

"오늘은 날이 따뜻하고 화창하니 나도 갈까 해."

엄마는 안경을 벗고 눈을 비벼 댄다. 그리고 얼굴에서 흘러내린 머리를 쓸어 올리고는 양손을 식탁에 올려놓고 멍한 눈길로 날 바라본다.

나는 엄마가 얼마나 지쳤는지 알 수 있다. 안경을 끼지 않은 엄마의 얼굴을 보면 알 수 있다. 엄마의 얼굴은 창을 통해 들어오는 눈부신 햇빛을 받아 더 창백하다. 눈가와 눈 아래쪽에는 잔주름도 있다.

"사람들과 밖에서 어울리는 게 얼마 만인지 모르겠어. 좀 더 자주 그래야 하는데 말이야."

엄마가 말했다.

나는 말없이 고개를 끄덕였다.

"하지만 그냥 잠만 자고 싶었어. 마음이 평온해지기를 바랬지……."

엄마가 이렇게 말하고 집을 나간 뒤에도 나는 그대로 앉아 있었다. 내 마음은 무척 평온하다.

나는 엄마보다 더 강해지고 싶지 않아.

나는 정말 엄마가 독립적이고 행복하고 자부심이 강하기를 바래. 엄마가 모든 걸 좀 더 잘 알면 좋겠어.

나는 지금 책임감이 강한 대단한 사람이고 싶지 않아. 그냥 엄마의 보살핌이나 받았으면 좋겠어.

잉에르를 오두막에 초대하지 말걸.

밖은 진짜 여름 날씨다. 비가 아스팔트에 주룩주룩 쏟아진다. 상점 앞에 있는 밤나무가 커다란 잎을 털어 낸다.

올해는 식료품 가게의 계산대에서 일을 하게 되었다. 나는 식료품 가격을 서투른 손놀림으로 천천히 입력한다. 일의 속도가 점점 빨라진다. 물건들이 내 손에서 미끄러지듯 빠져나간다. 나는 더 이상 어떤 물건을 입력하는지 모른다. 내가 보는 것은 가격표뿐이다.

집에 와서도 온통 가격표가 내 눈앞을 스쳐 지나가는 것 같다. 냉장고에서 우유와 달걀을 꺼내자 거기에도 가격표가 있다. 나는 그 물건들의 값을 외울 수 있다. 마가린과 빵과 치즈도 마찬가지다. 치즈는 지금 특별 할인 행사 중이다.

"사람들이 이런 일을 견디며 살다니! 그것도 해마다 똑같이 말이야."

"그런 일자리라도 있다는 게 얼마나 행복한 것인지 아니? 내가 해 줄 수 있는 말은 네가 너무 좋은 것을 많이 갖고 있다는 거야."

엄마는 달걀 두 개를 깨뜨려 프라이팬에 넣고 말을 계속했다.

"나 또한 때로는 내 일을 그런 일과 바꾸고 싶기도 해. 나는 다른 사람들의 문제라면 신물이 나거든. 사람들의 편을 들어주고 사람들을 계속 도와주는 일에 질렸어. 여기저기 너저분하고 허튼 일 투성이야. 정말로 내가 그들에게 해 줄 수 있는 것은 없어. 정해진 대로 행동해야 하는 일에서는 만족감을 얻지 못할 거야. 나는 이런 일이 너무 지긋지긋해."

나는 대답하려고 입을 열었다. 그러나 엄마의 모습에는 나를 겁먹게 하는 뭔가가 있다. 나는 아무 말도 하지 않는다. 나는 엄마가 내게 등을 돌리기를 바라지 않는다.

그 다음 주에는 더위가 찾아왔다. 갑작스런 더위였다. 아이스크림과 청량음료의 매상이 올라갔다. 그리고 맥주의 매상도 치솟았다. 나는 맥주에 대해서는 모른 척해야 했다. 맥주를 팔기에는 내가 법적으로 너무 어리다나! 가게 주인은 걱정이 되었는지 정돈이나 하라고 날 창고로 보냈다.

이날 퇴근할 때쯤 나는 몹시 화가 났다. 몸은 땀에 흠뻑 젖고 피곤한 상태였다. 밖에 나오자 햇빛에 눈이 부셨다. 나는 천천히 집 쪽으로 걸어갔다. 집에는 블라인드가 반쯤 내려와 있고 창문이 닫혀져 있었다. 바람 한 점 없어서 뜨거웠다.

나는 문을 열고 환기를 시킨 다음 소파에 드러누웠다.

잉에르는 지금쯤 쇠르란드에 있겠지. 카밀라는 엄마와 함께 남쪽으로 여행 중일 테고.

나는 왜 이 일을 하고 있는 걸까? 정당하게 돈을 벌고 있는 거지. 그럼, 식료품 가게 말고 내가 어디에 있어야 하지? 그것 말고 뭘 해야 하지?

창고에서 일한 지 나흘째 되던 날 마트센 부인이 휴가를 갔다. 마트센 부인 대신 내가 다시 계산대에 앉았다. 이제는 더 이상 아무도 내 나이를 묻지 않는다.

어느 날 오후 엄마와 나는 자동차를 타고 바닷가로 달려갔다. 그나마 바닷가는 사람들이 있는 곳이다. 엄마와 나는 울퉁불퉁한 바위에 자리를 잡고 목욕 수건으로 몸을 가린 채 수영복으로 갈아입었다. 하얀 내 피부에 빨간색 비키니를 걸치니 발가벗은 기분이었다.

나는 머리를 돌려 엄마를 바라보았다. 엄마도 나와 마찬가지였다.

엄마가 내 뒤에 앉아 있다. 젖가슴을 드러낸 채 말이다. 위에 아무것도 걸치지 않은 사람은 엄마만이 아니다. 하지만 나는 그런 모습의 엄마를 처음 본다. 게다가 엄마가 내게 던지는 눈길은 완전히…… 완전히…….

"너도 위에 것을 벗고 일광욕을 해 봐. 할 수 있어."

엄마가 이렇게 말하지만 나는 입을 꼭 다물고 싫다고 고개를 저었다.

잉에르와 함께라면 혹시 몰라도. 엄마하고는 글쎄…….

엄마가 수건을 어깨에 걸친 채 일어나서 같이 물속에 들어가지 않겠느냐고 물었다.

나는 싫다고 거절했다.

나는 물 쪽으로 걸어가는 엄마의 뒷모습을 쳐다보지 않았다. 엄마의 엉덩이가 얼마나 유연하게 흔들리는지도 보지 않았다. 엄마의 날씬한 다리와 가는 허리도 보지 않았다. 또 옆에 있는 두 남자가 싱긋 웃으며 엄마를 물끄러미 바라보는 것도 외면했다.

나는 아무것도 보고 싶지 않아서 그대로 앉아 팔로 무릎을 꼭 감쌌다. 이 불쾌한 바닷가에 조금도 더 있고 싶지 않았다.

산으로 가는 것은 기분이 전혀 다르다.

오두막에 가 보지 못한 지 얼마나 오래되었는지 모른다. 오두막은 아무것도 달라진 것 없이 그대로다. 잘 안 열리는 문, 꽉 닫힌 집 안에서 나는 나무 냄새, 뒤쪽 구석에 놓인 콩알만 한 쥐 똥까지 매번 똑같다. 엄마와 나는 무거운 배낭을 내려놓고 곧장 오두막 아래에 있는 작은 호수로 수영을 하러 갔다. 호수에는 크고 평평한 바위가 있다. 그 바위 위에 누워 있으면 따뜻하고 기분이 좋다. 호수 바닥은 경사가 심해서 들어서자마자 발이 푹 꺼지고 갑자기 깊어진다.

깊은 호수에서 수영하면 위험해요.

아빠는 괜한 걱정이라고 말한다.

이 호수는 깊어 봐야 삼 미터야. 그래서 물이 빨리 따뜻해지잖아. 낚싯대를 던져 봐. 얼마나 멀리 던질 수 있는지 보자꾸나. 잘 했어! 이제 손잡이를 돌리고. 조심조심.

아빠는 언제나 나를 도와준다.

해가 물에 떠서 반짝인다. 눈이 부셔서 아플 정도다.

아빠와 나는 물고기 한 마리를 낚는다. 아주 작은 물고기다.

아빠는 낚싯대를 히드 꽃밭에 내려놓고 옷을 벗는다.

이리 와. 네 반바지도 벗으렴. 물이 전혀 차지 않아. 아빠가 붙들어 줄게. 무서워할 필요 없어.

아빠는 바위 옆쪽 물속에 서 있다. 물은 아빠의 무릎 바로 위까지 찬다. 물 아래에 있는 아빠의 다리가 보인다. 물에 비친 아빠의 다리는 짧고 너무 휘어서 웃겨 보인다. 물 위쪽에 있는 아빠의 몸은 크고 갈색이다. 머리카락은 새까맣다.

나는 아빠와 자주 멱을 감았다. 집에 있는 욕조에서, 바닷가에서, 이곳 호수에서 말이다. 아빠는 팔 힘이 무척 세다. 아빠는 나를 한 번도 놓친 적이 없고 물도 많이 튀기지 않는다.

나는 자신이 없다.

옷을 벗은 아빠의 모습은 옷을 입고 있는 아빠의 모습과 다르게 보인다. 무척 크고 특이하고 낯설다.

나는 몸을 돌려 달아난다.

숨 가쁘게 오두막으로 돌아가니 엄마가 계단에 앉아 감자를 씻고 있다.

나는 싫다며 흐느낀다.

엄마가 팔로 나를 감싼다. 깜짝 놀란 표정이다.

그렇게 깊은 물에서 수영하기 싫어!

나는 울음을 터뜨린다.

엄마가 웃는다. 그리고 내 어깨에서 손을 떼고는 나를 바보라고 놀린다.

나는 엄마가 눈을 감은 채 햇볕에 얼굴을 내맡기고 앉아 있는 바위를 향해 헤엄쳐 갔다. 그러고는 엄마의 등 뒤쪽에 배를 깔고 눕는다. 살갗에 남은 물기가 마를수록 내 몸의 떨림도 차츰 잦아들었다.

나는 왜 지난 몇 주 동안 엄마와 함께 산에서 보내는 시간을 그렇게 두려워했을까?

위에서 내리쬐는 햇빛과 아래에서 올라오는 돌의 온기를 받으니 온갖 거부감이 슬며시 녹아 없어졌다. 엄마와 가까이 있으니 마음이 평온해지고 안정감이 생긴다. 나는 눈을 감았다. 그리고 내 손이 엄마의 맨 등위로 천천히 미끄러지는 꿈을 꾼다.

저녁에 엄마와 나는 그물을 싣고 작은 배를 노 저어 나갔다. 엄마와 나는 소곤거리며 이야기를 나누었다. 목소리가 무척 멀리까지 퍼졌다.

흙과 물과 하늘 냄새가 난다. 아주 멀리 있는 산등성이 위에서 가는 낫 모양의 달이 그네를 타듯 흔들렸다.

사방은 아주 고요하고 어두워졌다. 나는 돌아오는 길에 아주 조용히 노를 물에 내려놓았다.

다음 날 엄마와 나는 자동차를 타고 시내로 내려가 페인트를 십 리터 구해 왔다. 그리고 사흘 동안 오전 내내 벽을 칠했다.

주위에서 윙윙거리는 소리가 났다. 온갖 곤충들이 우글거렸다. 머리카락이 얼굴에 달라붙었다. 나무는 암갈색 페인트를 빨아들이고, 햇빛을 받은 낡은 널빤지에서는 강하고 좋은 냄새가 났다.

엄마와 나는 남쪽 벽 중간 지점에서 만났다. 그리고는 빈 양동

이를 내려놓고 서로 바라보며 웃었다.

항상 이래야 하는데. 말이 없어도 서로에게 속해 있다는 이 느낌이 항상 있어야 하는 건데.

월요일 오후에 엄마와 나는 잉에르를 마중 나갔다. 잉에르는 기차에서 어떤 사람들을 사귀었다. 엄청 힘이 세 보이는 두 남자가 잉에르에게 피자를 사 주었고, 잉에르가 그걸 얻어먹은 모양이었다. 잉에르는 그 이야기를 하고 또 했다.

엄마는 정중하면서도 친절하게 이야기했다.

나는 뒷좌석에서 잉에르 옆에 앉은 채 입을 꼭 다물고 있었다. 엄마와 지금껏 마음 편하게 지냈다. 그리고 잉에르와 함께 있으면 어떤지를 까먹고 있었다.

내가 잉에르를 전혀 그리워하지 않았다는 게 새삼 놀랍다.

잉에르는 한시도 가만히 있지를 못한다. 저녁에 땅거미가 내릴 때 계단에 앉아 모기 물린 자국이나 세는 것으로는 잉에르에게 성이 차지 않는다. 엄마와 나는 지난 며칠 동안 그렇게 보냈는데 말이다.

다음 날 아침 잉에르와 나는 길을 나섰다. 우리 둘이서만.

나는 산속으로 더 들어가면 멋진 호수가 있다는 것을 알고 있다. 그 호수는 길과 다리와 다른 산속의 집들에서 떨어져 있는 비밀 장소다. 호수에는 아주 고운 흰모래가 깔린 백사장이 있는데, 그곳은 보호 구역이다. 부드러운 풀과 버드나무 숲이 있는 호숫가의 구덩이에는 뇌조(들꿩과의 새 - 옮긴이)가 움직임 없이 새끼들을 품고 있다. 호수와 강이 만나는 곳 근처의 갈대밭에는 대개 물고기가 살고 있다. 그늘진 곳에 사는 큰 물고기는 움직임이 없어서 잘 볼 수 없다.

나는 습지 위를 산책하면서 잉에르에게 이 모든 걸 이야기해 줄 수도 있다. 그러나 그렇게 하지 않았다. 그냥 백사장과 흰모래에 대해서만 이야기했다.

잉에르와 나는 백사장으로 갔다. 몸이 땀에 흠뻑 젖고 숨이 턱까지 찼다.

"여기라면 홀딱 벗고 일광욕을 해도 되겠어."

잉에르의 말에 나는 그렇다고 대답했다.

잉에르와 나는 서로 등을 돌린 채 옷을 벗었다. 나는 비키니 수영복 팬티는 벗지 않았다. 돌아보니 잉에르도 나와 마찬가지다. 잉에르는 가슴이 엄청 크다. 엉덩이와 배는 성숙한 여자 같다.

"넌 너무 말랐어. 난 이번 여름에 살이 너무 쪘어. 온통 비곗살이야!"

잉에르가 자기 몸에 대해 한 마디 했다.

나는 그렇지 않다는 뜻으로 고개를 젓고는 모래에 배를 깔고 누웠다. 잉에르의 시선을 피하고 싶기 때문이다.

잉에르와 나는 오전 내내 백사장에 있었다. 덤불 속에서 뇌조를 찾아보지도 않고, 그늘진 갈대 속에서 물고기를 기다리지도 않았다. 그냥 조용히 누운 채 햇빛을 받으며 잉에르를 따라 살갗을 갈색으로 태우려고 애썼다.

잉에르는 내일 다시 오자고 말했다.

다음 날 잉에르와 나는 다시 호숫가 백사장으로 갔다. 그 다음 날도 마찬가지였다.

저 멀리 호숫가에 녹색 텐트가 보인다. 누군가가 우리 자리를 차지한 모양이다.

잉에르와 내가 다가가자 남자 아이 두 명이 자리에서 일어났다. 두 아이는 기대에 찬 얼굴로 잉에르와 나를 바라보았다. 반면 잉에르와 나의 시선에는 독기가 서려 있었다.

이건 우리 호수야. 우리가 먼저 이 자리를 발견했단 말이야!

오늘은 흰모래 속에 누워 있는 게 불가능할 것 같다. 우리는 하는 수 없이 호숫가를 따라 걷다가 움푹 파인 웅덩이 하나를 발견했다. 부드러운 풀로 덮인 웅덩이는 수풀 사이에 잘 숨겨져 있었다. 잉에르와 나는 전날과 마찬가지로 옷을 벗었다. 서로 말을 나누지도 않았다. 그러고는 바닥에 납작하게 드러누워 햇빛을 받으며 눈을 감았다.

나는 숨쉬기가 어려웠다. 몸에 온통 개미들이 올라온 데다 심장도 너무 빨리 뛰었다.

나는 잉에르에게 차라리 산속을 산책하자고 하고 싶었다. 고개를 돌려 보니 잉에르는 벌써 똑바로 앉아 있다.

"나 수영하러 갈래. 더워서 죽겠어. 같이 갈래?"

잉에르가 자리에서 일어서며 내게 물었다.

"아니."

잉에르는 수영하러 갔다. 맨발로 덤불 속을 조심조심 걸어 호숫가 바닥을 덮고 있는 매끄러운 둥근 돌이 있는 쪽으로 나아갔다. 그러고는 잠시 멈춰 서더니 몸을 물에 담그기 전에 팔을 노 젓듯이 흔들면서 몸의 균형을 잡았다.

머리가 까만 남자 아이 한 명이 어느덧 잉에르 쪽으로 다가갔다. 그 아이는 잉에르가 단단한 바위에 올라설 때쯤 잉에르를 따라잡았다. 잉에르와 남자 아이는 서로 마주 보고 섰다. 잉에르는 젖은 머리카락을 흔들어 얼굴에서 떼어 내고 팔을 축 늘어뜨렸다. 그리고 남자 아이에게 뭐라고 말을 하고는 살짝 웃었다. 잉에르와 남자 아이의 시끄러운 웃음소리가 호수 건너편까지 들려왔다. 남자 아이는 손을 뻗어 잉에르의 어깨에 남은 물기를 닦아 주었다. 나는 그것을 보며 다시 드러누웠다. 잉에르가 금세 이쪽으로 오지 않을 것을 알기 때문이다.

나는 숨을 쉬기가 몹시 어렵다. 내 몸에 개미 떼가 달라붙어 있다.

제발 좀 꺼져 버려.

잉에르가 벌써 왔나 보다. 잉에르의 그림자가 내 얼굴에 느껴졌다. 나는 눈을 뜨지 않았다. 내가 지켜보았다고 잉에르가 생각하기를 바라지 않기 때문이다. 나는 내내 그렇게 누워 있었던 것처럼 굴 생각이었다.

"안녕."

잉에르가 아니다.

다른 남자 아이가 내 앞에 서 있다.

나는 그 아이의 시선을 받으며 비스듬히 누워 있었다. 갑자기 한기를 느낄 때처럼 살갗이 쪼그라드는 것 같았다. 쥐구멍이라도 찾아야겠다고 생각하는 몇 초 동안이 영원처럼 길게 느껴졌다.

그 남자 아이가 내 옆에 앉으며 물었다.

"내가 방해되니?"

나는 잉에르를 보고 있다고 상상한다. 잉에르가 방금 전 서 있던 모습을 떠올린다. 잉에르의 웃음소리가 아직 내 귀에 쟁쟁하다.

"아니."

나는 이제 일어나 앉아도 되는데 그렇게 하지 않았다. 대신 그 아이를 흥미롭게 바라보았다. 그 아이는 별로 나보다 나이가 많아 보이지 않았다. 금발에 갸름한 얼굴을 가진 그 아이의 갈색 피부는 매끄러워 보였다. 그 아이는 내 시선을 피했다. 그러자 내 마음도 편안해졌다.

"여긴 앉을 자리가 많아. 앉아."

그 아이는 내 바로 옆에 엎드려 손으로 턱을 괴었다. 그리고 내 얼굴을 들여다보고는 우물쭈물하며 말했다. 그 아이가 하는 말은 온통 질문뿐이다. 묻는 태도도 몹시 조심스럽다. 계속 질문만

하더니 더 이상 할 말이 없는 모양이다. 그 아이의 눈길이 내 얼굴을 벗어나 목과 어깨와 가슴 쪽으로 미끄러지듯 내려갔다. 그러고는 가슴에서 멈추더니 다시 내 얼굴로 돌아왔다.

나는 손을 들어 올려 손가락으로 그 아이의 어깨에서 가슴 위로 이어지는 근육을 따라갔다.

이 정도면 충분해.

남자 아이는 말투와 마찬가지로 손놀림도 매우 조심스럽다. 그래도 그 아이의 손은 잔뜩 긴장된 내 살갗을 어루만졌다. 그 아이는 몹시 더운 데도 몸을 떨었다.

나는 얼굴을 그 아이의 목덜미에 묻고 낯선 살 냄새를 들이마시고는 혀를 내밀어 조심조심 핥았다. 그러자 그 아이의 손이 더욱 대담해졌다. 나는 그 아이가 어떻게 생겼는지는 벌써 잊어버렸다.

멀리서 잉에르가 나를 부르는 소리가 들렸다.

그 아이와의 시간은 이렇게 끝이 났다. 나는 당황해서 몸을 일으켰다. 잉에르가 오는 게 보인다. 남자 아이는 얼굴을 찡그리더니 웃으며 사라졌다.

잉에르와 나는 아무 말 없이 물건을 챙기고 옷을 입었다. 서로 눈을 마주치려고 하지 않았다.

내 잘못이라는 생각이 든다. 내가 시작한 일이야.

잉에르의 가슴에 새빨간 자국이 나 있다. 나는 다른 생각을 할 수가 없다. 그래서 잉에르에게 단도직입적으로 물었다.

"그 애가 너한테 무슨 짓을 했니?"

잉에르는 여전히 날 바라보지 않은 채 어깨만 들썩거리며 말했다.

"별로…… 별로 치근거리지 않았어."

잉에르와 나는 길을 따라 걸었다. 서로 아무 말도 하지 않았다. 그러나 몸의 떨림은 내게 그대로 남아 있었다. 살갗 바로 아래서 전해 오는 떨림이었다. 떨림이 진정되지 않는다. 나는 킥킥 웃기 시작했다. 어찌할 바를 모르고 큰 소리로 킥킥거렸다. 습지 한복판에 웅크리고 앉아 배를 움켜잡고 웃었다. 웃음이 일단 터지자 멈춰지지 않았다.

잉에르와 나는 엄마에게 돌아갔다.

비가 튼튼한 텐트 지붕에 후드득 내린다. 짙은 녹색 불빛이 텐트 안을 비춘다. 텐트 안은 사람의 몸이 서로 닿을 정도로 좁다.

그러나 나는 혼자다. 잉에르도 없다. 나는 까만 머리 남자 아이 쪽으로 몸을 돌린다. 그 아이는 나보다 나이가 많은 게 틀림없다. 나보다 키가 더 크고 체격도 더 건장하며 머리카락도 까맣다. 내 손가락에 닿은 그 아이의 수염은 부드럽고 곱슬곱슬했다. 나는 뺨을 그 수염에 대고 팔로 그 아이의 목을 감싼다. 금발의 한 사내가 텐트의 입구를 지나 사라진다.

나는 뒤로 넘어진다.

밤에 꾼 꿈이다.

나는 땀에 흠뻑 젖은 채 잠에서 깬 뒤 다시 잠을 이룰 수가 없었다. 그래서 침대에서 해가 뜨기를 기다렸다. 히드 꽃밭 위에는 붉은빛이 감돌았다.

비가 왔더라면…….

그랬으면 오두막에 그냥 머물렀을 텐데. 습지로 산책을 나가지도 않았을 테고. 백사장에도 가지 않았을 거야. 난로에 불을 지피고 코코아를 끓여 마시며 카드놀이를 했을지도 모르지.

나는 지붕에 빗방울이 떨어지는 소리를 들으면 졸음이 오고 마음이 진정된다. 그러면 다시 잠이 들 수도 있다. 나는 침대에서 뒹굴었다. 이상한 붉은빛이 나를 끌어당겼다. 나는 조심해서 사다리를 내려와 맨발로 거실을 살금살금 걸어갔다. 거실은 조금 어둑하다. 현관문을 반쯤 열어 놓아야 바닥의 환한 무늬가 보인다. 나는 문을 소리 나지 않게 열어젖혔다.

엄마는 현관 밖의 문턱에 앉아 있었다. 긴 잠옷 위에 뜨개질한 옷을 걸친 채 웅크리고 앉아 있었다. 붉은빛이 엄마를 감싸고 있어서 엄마의 존재가 비현실적으로 보였다.

나는 엄마가 날 보지 못하게 소리 없이 뒤로 물러났다.

나는 따뜻한 이불 속에서 몸을 둥글게 말고 눈을 감았다. 그러고는 침대를 떠나지 않았다.

나는 아무것도 보지 못했어.

나는 뒤로 넘어진다.

내 주위는 온통 녹색이고 좁고 따뜻하고 축축하다. 비가 방울져 떨어진다.

나는 그들 사이에 움직이지 않고 누워 있다. 엄청 큰 침낭 속에 몸을 반쯤 숨긴 채. 엄마가 내 몸에 대해 속삭이는 소리가 들린다. 웅얼거리는 소리여서 무슨 말인지 또렷하지 않다. 몸을 뒤척이자 엄마가 움직이는 게 느껴진다. 엄마는 자리에서 일어나 텐트를 열어젖혔다.

그런데 아빠는?

나는 불안하게 몸을 움직였다. 그러고는 얼굴을 내놓고 숨을 쉬려고 발버둥 쳤다.

아빠는 그냥 가라고 말한다. 나는 엄마가 잠이 들자 아빠의 말을 따랐다.

잠에서 깨고 보니 창밖은 온통 회색빛이다. 아침 식사가 끝나기 전에 빗방울이 유리창에 부딪치기 시작했다. 구름이 내려앉아 주위를 덮었다.

"푸! 날씨가 이러면 나는 신경이 예민해져."

잉에르가 짜증 섞인 목소리로 말했다.

엄마는 그저 웃을 뿐이다. 엄마의 눈빛은 잉에르와 내게 따뜻한 코코아와 벽난로 불을 약속하는 듯했다.

나는 식탁을 깨끗이 치웠다. 그리고 김이 모락모락 나는 주전자 물을 설거지통에 붓고 유리잔과 찻잔을 넣었다. 나는 이마를 찬장에 기대고 손을 물속에 담근 채 그냥 서 있었다.

그 아이는 나이가 그렇게 많지 않아. 까만 머리의 남자 아이 말이야. 수염도 전혀 없고.

"도와줄까?"

엄마가 물었다.

"아니!"

지금은 엄마가 도울 때가 아냐. 피해야 해. 엄마의 눈과 부딪치면 안 돼. 그것만은 안 돼.

이틀 내내 비가 오고 있다.

사흘째 되던 날 잉에르와 나는 다시 호숫가로 나갔다. 고무장화가 땅에 닿을 때마다 주위에서 양치질하는 것처럼 고롱고롱 소리가 났다. 보슬비가 바람에 휘날려 잉에르와 내 얼굴에 부딪쳤다. 잉에르와 나는 호숫가에 도착하기도 전에 옷이 완전히 젖었다. 텐트는 없었다. 바닥에 사각형 흔적만 또렷하게 남아 있다.

나는 납작하게 눌린 풀을 바라본다. 그 일이 없었다면…….

내 마음속에는 서랍이 하나 있다. 이 서랍은 앞으로 일어날 수 있거나 거의 일어날 뻔했던 이야기들을 담아 두는 곳이다. 서랍 속의 이야기들은 때때로 너무 실감이 나서 나는 남들에게 그 이야기들을 계속 전해 주기도 한다. 그러면 그 이야기들은 진짜가 된다.

지금은 그럴 필요가 없다.

나는 돌아갈 때 잉에르 뒤에서 말없이 느릿느릿 걸었다. 나는 오두막에 도착하자 잡지 뭉치를 집어 들고 잠자리에 들 때까지 난로 옆에 앉아 있었다. 나는 잉에르가 엄마와 잡담을 나누게 내버려 두었다.

나는 거의 눈에 띄지 않게 있었다. 어쩌면 나는 모나코의 왕비 아니면 '진짜 인생 이야기'에 나오는 이름 모를 소녀였을지 모른다.

다음 날 잉에르는 집으로 돌아갔다.

"이건 정말 아니다."

엄마가 말했다.

"넌 요새 뭐든지 밀쳐 내는 것 같아. 잉에르한테도 무뚝뚝하게 굴고. 네가 초대해 놓고 그렇게 구는 건 웃기지 않니?"

나도 모르겠다.

전혀 모르겠어.

나는 엄마의 물음에 대답할 말을 찾지 못했다.

비가 온다.

"같이 산책할래?"

엄마가 물었다.

너무 오래 앉아 있었기 때문인지 발이 뻣뻣하고 차가운 것 같았다.

"아니. 됐어. 비 때문에 몸이 축축해질 거야."

비는 더 이상 내리지 않았다. 모든 게 회색이고 조용하다. 오두막 아래쪽에 있는 호수는 수면이 비단처럼 부드럽고, 어스름이 시작되자 거의 보랏빛으로 변했다. 덤불 속에서는 모기들이 윙윙거렸다.

"오늘 저녁에 그물을 치자."

엄마가 제안했다.

"생각 없어."

"하지만 나 혼자 노를 저으며 그물까지 치는 건 힘들어."

"싫다고 했잖아."

해가 다시 모습을 드러냈다. 습지에서 김이 났다. 엄마와 나는 털 스웨터를 옷장에 넣었다.

"따뜻해졌네. 오늘 모래사장에 갈래?"

엄마가 물었다.

"싫어!"

"산에 더 있고 싶지 않아. 어차피 다음 주에 할머니한테 갈 거잖아. 며칠 먼저 간다고 해도 문제 될 거 없을 거야."

"네 마음대로 해."

엄마와 나는 짐을 꾸렸다. 그러고는 난로 속 재를 치우고 장롱과 바닥을 닦고 침구를 바람에 쐬고 매트리스의 먼지를 털었다.

나는 엄마의 눈길을 피했다. 계속 외면했다.

엄마와 나는 오두막 문을 잠궜다.

그러고는 어깨에 배낭을 메고 산속 오두막을 떠났다.

2

새들이 도시 위를 날아간다. 쐐기꼴 대형으로 남쪽을 향하고 있다. 태양이 저 위에서 빛났다.

뒤채의 홈통에 살이 통통한 비둘기 다섯 마리가 비스듬히 앉아 있다. 그 아래쪽 담장은 비둘기의 회백색 똥으로 얼룩덜룩하다. 비둘기들은 굼뜬 몸으로 일어나 쓰레기통이 있는 아래쪽으로 날아갔다. 도시 위를 이동하는 철새의 행렬이 어느덧 시야에서 사라졌다.

시월 초다. 자작나무에서 잎이 떨어진다. 날이 갈수록 잎들이 더 많이 떨어진다.

나는 머리를 빗어 말꼬리처럼 만들고 운동복 가방을 집어 들었다. 내가 다니는 클럽은 이번 가을에 이십 주년을 맞이한다. 내가 속한 조는 클럽 기념 파티 때 스케치(음악, 무용 등을 곁들인 풍자적 촌극-옮긴이)를 공연하기 위해 연습 중이다. 아니, 스케치가 아니라 춤도 함께 들어간 레뷰(노래, 춤, 풍자 따위를 함께 엮은 극-옮긴이)가 될 것 같다.

나는 날아가는 새들을 넋 놓고 바라볼 틈이 없었다.

연습실의 거울 속에서는 내 팔이 위로 올라가다가 살짝 휘며 위아래로 날렵하게 움직인다. 나는 발가락 끝으로 섰다. 마치 땅에서 이륙할 것 같은 자세다.

클럽에서 연습할 때는 바닥에서 발을 떼면 안 된다. 삼 년 전부터 아프리카 춤과 인연을 맺은 솔베이그가 발바닥 전체로 어떻게 리듬을 타야 하는지 보여 주었다.

스텝, 스텝, 발가락 끝, 절반 회전하고, 다시 스텝, 스텝, 팔 들고 몸 펴기.

카렌과 모나와 내가 이 동작을 반복한다.

우리 뒤쪽에서는 토레와 게이르가 큰 소리를 내면서 스케치를 연습 중이다. 아틀레는 바닥에 앉아 카렌과 모나와 내가 있는 쪽을 보다가 연습이 끝나자 열광적으로 큰 박수를 쳤다.

삼 주 전만 해도 얼마나 지루했던가. 그러나 지금은 더 이상 심심하지 않다.

연습을 마치고 모나와 내가 자리에 앉자 카렌과 아틀레와 토레가 클럽의 사장과 두 명의 못된 회원 역할을 연습한다.

"좋아, 좋았어. 이제 처음부터 끝까지 다시 한 번 해 보자. 그러면 끝이야. 연습 끝나고 햄버거 가게에서 에스프레소 한 잔 어때?"

솔베이그가 말했다.

집에 도착했을 쯤에는 시간이 제법 되었다. 나는 흥분한 데다 신이 나서 그런지 목이 탔다.

"엄마, 차 끓였어?"

"차라고? 지금 몇 시인 줄 아니?"

나는 시계를 들여다보았다.

"너 숙제는 했니?"

나는 대답도 하지 않고 부엌으로 가 물을 마셨다.

숙제는 하지 않았다. 어제도 마찬가지다.

갑자기 온몸에 피로가 몰려왔다.

나는 엄마에게 인사도 하지 않고 잠자리에 들었다.

학교에서 물리 시험을 보았다. 나는 문제지만 뚫어지게 바라보았다. 내가 쓸 수 있는 답은 정말 몇 개 되지 않았다.

상황이 점점 심각해지고 있었다. 개학한 뒤로 선생님들은 줄곧 성적과 시험에 대해 말했다.

나는 문제지를 뚫어지게 바라보았다. 다시 한 번 문제지를 노려보다가 위에 경련이 이는 것 같아서 자리에서 일어나 화장실에 가도 되냐고 물었다. 그러고는 다시 교실로 돌아가지 않았다.

"오늘 저녁에 영화 보러 갈래?"

잉에르가 말했다.

"안 돼. 공부해야 해."

"별일이네. 그럼 앞으로는 놀 시간이 전혀 없겠구나."

나는 저녁 내내 혼자 집에 있었다. 엄마는 리자 이모와 음악회에 갔다. 나는 교과서를 전부 부엌 식탁에 펼쳐 놓았다. 숙제를 하자니 음악이 좀 필요했다.

나는 카세트를 가져와 테이프를 넣었다. 클럽에서 춤을 연습할 때 듣는 테이프였다. 버튼을 누르자 리듬이 공간을 타고 흐르며 내 몸을 움직이게 했다. 나는 이제 리듬에 맞춰 춤을 출 수 있다. 발도 더 이상 헛디디지 않는다. 팔도 거추장스럽지 않다.

내 모습을 보고 싶어.

나는 양말을 벗고 엄마 방의 차가운 리놀륨 바닥에서 맨발로 춤을 췄다. 엄마 방에는 커다란 거울이 걸려 있다.

뭔가 다른 걸 입어야겠어.

목이 많이 파인 긴 티셔츠가 있다. 길이가 허벅다리 중간까지 내려오는 티셔츠다.

바로 이거야. 팔과 다리에는 아무것도 걸치지 않는 거야.

나는 빗어 틀어 올린 머리를 대충 아무렇게나 만져 헝클어뜨렸다. 엄마의 볼연지를 바르고 눈꺼풀 주위에 초록색과 검정색으로 진하게 화장도 했다. 그리고 새빨간 립스틱도 입술에 발랐다. 카세트 소리를 최대한 크게 하고 불이란 불은 다 켰다. 나는 기쁜 마음에 숨 돌릴 틈도 없이 거울 속을 들여다보았다. 이제 나는 춤을 출 수 있다.

내 몸이 달아오른다.

숙제는?

아하, 숙제가 있지.

하지만 먼저 샤워를 해야 해. 그 다음에는 가게에 가서 콜라를 사 오고.

가게에 갔다 오니 엄마가 집에 돌아와 있었다.

"너 꽤나 얌전했더구나!"

"엄마, 그게……."

엄마는 부엌에 있는 식탁에 앉아 아무 책이나 뒤적이면서 말했다.

"너, 이번 가을에 너무 딴 데 정신을 팔았어. 클럽에도 많이 드나들었고."

"하지만 내가 이번 레뷰에 함께 한다고 엄마도 좋아했잖아. 엄마는 내가 좀 더 적극적이어야 한다고 늘 말했잖아. 엄마가 예전에 그랬던 것처럼."

"그래, 네 말이 맞아. 하지만 그때는 사정이 좀 달랐어. 우리의 관심사는 좀 더 원대했어. 진지함도 더 컸고. 이기적인 자아를 벗어나 무엇인가를 위한 투쟁이었으니까. 뭔가 다른 것, 좀 더 나은 것을 위한 투쟁 말이야."

"알아. 하지만 어떻게……."

"난 네게 그걸 설명하려는 것뿐이야. 그러니까……. 너희가 하고 있는 것은……. 쓸데없는 짓에 더 가까워. 예를 들어 발토시만 해도 그래."

"엄마, 제발 그런 식으로 말하지 마!"

"그 머리 모양하고 화장은 그게 다 뭐야. 화장품에 돈 꽤나 썼겠네?"

"내 돈으로 산 거야!"

"난 내가 번 돈을 전부 너와 나눠 쓰고 있어."

나는 식탁 위의 책을 거칠게 바닥에 내동댕이쳤다. 그러고는 문을 잠그고 방 안에 틀어박혀 주먹을 불끈 쥐고 정말 치사하다고 생각했다. 이제는 숙제가 머리에 들어오지 않는다.

이건 전부 엄마 탓이야. 맞아, 내 콜라…….

콜라를 그만 밖에 놓아두고 왔다.

제기랄!

천장 아래 누워 있으니 내가 잘못했다는 생각이 들었다.

난 거의 집에 있지 않았어. 대개 엄마 혼자 지냈지. 난 더 이상 요리하는 것도 좋아하지 않았고, 엄마에게 뭔가를 이야기해 주는 일도 드물었어. 또 엄마가 중요하게 여기는 일에 관심도 없었어. 그다지 엄마와 함께 있고 싶어 하지도 않았고.

그러고 싶진 않았는데…….

아, 정말 내가 싫다! 난 나쁜 애야.

나는 말똥말똥한 정신으로 어두운 방 안을 바라본다.

난 좀 더 좋은 애가 되어야 해. 상냥하고 덜 이기적이어야 하고. 내일은 엄마가 집에 돌아오기 전에 점심을 준비해야겠어. 내일은 밖에 나가지 않고 집에 있어야지.

다음 날 오후 카렌이 전화를 걸어 클럽에 오겠느냐고 물었다. 자기가 준비한 의상을 보여 주겠다고 했다.

"너 오늘은 집에 있을 거지?"

엄마의 말에 나는 할 말이 없었다.

"응, 근데 잠깐……."

"너와 맛있는 걸 만들어 커피 한 잔 하려고 했는데."

"응……."

"더 중요한 일이 생긴 모양이지?"

"의상을 구경하려고."

나는 클럽으로 갔다.

토레도 와 있었다. 토레와 솔베이그는 레뷰의 책임을 맡고 있다. 토레와 카렌은 시나리오와 음악과 의상에 대해 열심히 토론 중이다. 자신들이 알고 있는 사람들에 대해서도 열띤 의견을 주고받는다. 나는 그냥 듣기만 했다. 그런데 마음이 너무 불안한 탓인지 두 사람의 대화가 제대로 들리지 않는다.

토레가 내 어깨에 팔을 올려놓더니 나를 살짝 흔들었다.

"너, 너무 조용하다. 혹시 연애 문제로 괴로운 것은 아니니?"

"나, 지금 집에 가야 할 것 같아."

"이렇게 일찍? 좋아. 차로 데려다줄게."

"멀지 않은데 뭘."

"상관없어. 그래도 데려다줄게."

그러자 카렌이 웃으며 한 마디 거들었다.

"토레가 방금 운전면허증을 땄거든."

밖에 나와서 보니 토레의 재킷에 엄마 것과 같은 글자가 붙어 있다. '핵 반대'라는 글씨였다.

나와 반 아이들은 물리 시험지를 되돌려 받았다.

내 시험지에는 아무것도 적혀 있지 않다. 선생님은 시험지 맨 아래쪽에 가장 나쁜 점수를 주었다.

작년만 해도 이렇지 않았는데…….

왜 이렇게 되었을까?

저녁에 클럽에서 보내는 시간이 왜 공부보다 훨씬 중요해졌을까?

그래도 나는 클럽만 생각하면 마음이 따뜻하고 즐겁다.

나는 인사말을 하는 선생님의 쥐 똥 같은 입을 똑바로 바라보았다. 선생님이 집게손가락으로 입을 살짝 가렸다.

저 손가락을 갖고 후볐으면……. 점수가 적힌 곳을 후벼서 구멍을 내고 싶어.

오늘 저녁에도 연습이 있다.

그 생각을 하니 내 입가에 저절로 웃음이 번졌다.

연습 시간 내내 토레의 큰 웃음소리를 들을 수 있을 거야.

바람이 분다.

마른 잎, 초콜릿 종이, 찢어진 신문 등이 길거리를 구르며 지나간다. 맥주 깡통이 벽에 부딪쳐 탁, 탁, 탁 소리를 내며 인도 위를 굴러 간다.

바람이 세서 머리카락 전체가 휘날리고 코가 빨간 고드름으로 변할 정도다. 나는 손을 주머니에 꼭 넣고 뛰어갔다. 금요일 오후인데도 벌써 날이 저물어 어둑어둑했다.

드디어 우리 조가 오늘 저녁 클럽 기념 파티에서 스케치를 공연한다.

나와 다른 아이들은 카렌 집에서 미리 만났다. 카렌은 펀치(술, 설탕, 우유, 레몬, 향료를 넣어 만든 음료-옮긴이)를 준비했다. 카렌의 눈이 반짝였다.

아틀레는 입을 비죽거렸다. 앞니 두 개가 보이지 않았다.

“대체 무슨 일이야?”

아틀레는 내 눈 가까이 다가와 입을 벌렸다. 그러자 이빨을 까맣게 칠해 놓은 게 보였다.

토레와 모나는 어디 있는 걸까?

“토레는 지금 머리를 염색하는 중이야. 토레가 머리를 녹색과 검정색으로 염색한다고 상상해 봐! 그런 머리로 돌아다닌다고 말이야.”

그렇게 말하며 카렌이 나를 자기 뒤로 끌어당겼다.

“이라 와 봐. 내가 화장해 줄게. 넌 그림처럼 아름다워야 해. 마녀 같지 않게 하려면 엄청 어렵겠는걸.”

나는 펀치를 마신다. 따뜻한 펀치가 향기를 풍기며 목을 타고 흘러 내려간다.

시간이 너무 빨리 지나갔다.

오랫동안 준비한 공연이 사십오 분 만에 끝났다. 박수가 터지고 관객들 모두 발을 구르고 휘파람을 불었다.

나는 계속 춤을 춘다.

페터가 있다! 그리고 토미도.

카밀라가 내 목에 팔을 감고 속삭였다.

“넌 최고였어……. 네가 그렇게 할 수 있다니 놀라워.”

나는 녹색과 검정색으로 염색한 토레의 머리를 줄곧 바라보았다. 토레의 머리는 다른 사람들 머리보다 위에 있다. 여기저기서 리듬에 따라 불빛이 번쩍였다.

늦은 시간 우리 조원들은 모두 구석에 자리를 잡았다.

“야, 너희들 상상이나 되니? 나 지역 방송하고 인터뷰했다.”

솔베이그가 말했다.

“정말이야? 굉장한데!”

모두가 열광하자 토레가 말했다.

“우리 집에 가자. 집에 아무도 없어. 지금 이렇게 헤어질 수야 없잖아.”

바람이 분다.

얼음처럼 차가운 돌풍이 내 얼굴에 닿았다. 찬바람이 재킷을 뚫고 들어왔다. 지붕 위에 높이 걸린 달은 세 개의 별과 어두운 뜰에 둘러싸여 있다.

토레는 우리 집에서 멀지 않은 곳에 산다. 아름다운 옛 저택이다. 집 안 어디에나 양탄자가 깔려 있고, 거실에는 낮은 가죽 의자가 놓여 있다.

우리는 샹들리에의 환한 불빛 속에 말없이 서서 놀란 표정으로 서로 바라보았다. 그때 이빨이 하얗고 입술이 까만 아틀레가 크게 웃음을 터뜨렸다.

“저기 봐! 토레 얼굴이 온통 녹색 줄무늬야. 네가 화장을 제대로 했을 리 없지.”

아틀레가 이번에는 나를 가리켰다.

"너는 눈 아래쪽에 있는 검은색 반달 모양 때문에 마녀처럼 보여. 뭐야, 모나는 가짜 속눈썹 한쪽을 잃어버렸네. 그림처럼 아름답다고?"

아틀레는 소파에 몸을 던지고 팔을 뻗어 다른 아이들을 잡아 끌었다.

난 마녀처럼 보이고 싶지 않아. 지금은 아니야.

나는 욕실을 찾아 화장을 지우려고 수건을 잡았다.

"그렇게 해서는 화장이 제대로 안 지워져."

토레가 욕실 안에 서서 나를 보고 웃음을 터뜨렸다.

"이리 와."

토레는 이렇게 말하며 작은 수건에 비누칠을 했다.

"머리를 내 어깨에 대고 눈을 감아. 어서."

나는 거품 때문에 눈이 매웠다. 물이 내 목을 타고 흘러내렸다. 내 머리카락 속에 들어온 토레의 손가락이 내 머리를 꽉 잡고 있다.

"눈 뜨지 마……."

이제는 물로 헹굴 차례다. 물이 내 얼굴 위로 조금씩 타고 내려간다.

"그거야!"

그래도 나는 한쪽 눈을 떠 보았다. 거울 속에 비친 얼굴이 빨갰다. 발가벗은 기분이다. 내 뒤에 있는 토레의 얼굴은 가려져서 알아볼 수가 없다. 마치 악마가 날 붙들고 있는 것 같다.

"긴장 풀어. 몸을 너무 움츠리거나 불안해하지 마."

토레가 내 귀에 대고 속삭였다.

나는 긴장을 풀었다. 토레가 내 얼굴과 목과 머리를 수건으로 닦게 내버려 두었다. 토레는 나를 오래오래 수건으로 닦아 주었다.

이번에는 내 차례다. 토레가 내게 샤워기와 샴푸를 건넸다. 내 손가락 아래에서 검정 거품이 났다.

샴푸 더 하고, 물 좀 더 세게.

토레의 말에 내 손에 점점 더 힘이 들어갔다. 나는 머리를 더 열심히 감겨 주었다.

머리 감는 일이 끝나자 토레는 나를 창문 아래쪽에 있는 의자에 앉혔다. 그러고는 내 무릎 사이의 바닥에 앉아 내게 머리를 말려 달라고 했다.

"다른 애들은 아주 신이 난 것 같은데."

내가 이렇게 말하자 토레가 한 마디 거들었다.

“우리 집 노친네가 숨겨 놓은 포도주를 찾아낸 모양이군. 머리를 좀 더 말려 줘. 완전히 말려 줘야 해.”

나는 토레의 머리를 수건으로 닦아 주었다.

나는 수건을 치웠다. 손만 있어도 될 것 같다. 나는 아직 빗지 않은 축축한 머리카락에 얼굴을 조심스럽게 대 보았다. 순간 내 팔은 토레의 어깨를 따라 내려가다가 토레의 가슴을 꽉 끌어안았다. 나는 눈을 감고 아주 조용히 앉아 있었다. 토레는 거의 느끼지 못할 정도로 살짝 몸을 흔들었다.

나는 밤늦게 집에 돌아왔다. 바람이 불었다. 그러나 나는 바람이 센 것도 알아채지 못했다. 계단을 소리 없이 재빨리 올라가 복도를 지나고, 문이 닫힌 엄마 방을 지나 내 방으로 들어갔다. 너무 기뻤다. 그래서 껑충껑충 뛰지 못하도록 책상 모서리를 꽉 붙잡아야 할 정도였다.

내가 어려운 기하학 숙제와 씨름하고 있을 때 현관에서 벨이 울렸다.

엄마의 목소리가 들렸다.

“웬 남자 아이가 찾아왔어. 처음 보는 아이네.”

나는 노트를 덮고 현관으로 달려갔다.

"눈 온다."

이렇게 말하는 토레의 머리가 반짝 빛난다.

나는 토레에게 찾아온 이유도 묻지 않고 재킷과 장화를 가져왔다. 산책하고 온다고 엄마에게 말하는 것도 잊어버리고, 토레가 내민 손을 잡고 계단을 껑충 뛰어 내려갔다.

밖은 아주 조용하다. 날은 벌써 어둡고 차갑다.

가로등 불빛을 받은 눈은 꼭 굳은 것처럼 보였다. 발이 바닥에 닿을 때마다 눈이 먼지처럼 흩날렸다.

토레와 나는 텅 빈 거리를 지나 커다란 공원으로 갔다.

그곳에도 눈이 쌓여 거친 풀 위에 엷은 층을 만들고 있다. 발 아래에서 뽀드득 소리가 난다.

나는 토레의 발자국을 따라 걸었다. 토레는 빙빙 돌며 원을 그렸다. 토레의 걸음이 점점 더 빨라졌다. 원을 가로질러 뭔가가 있는 게 보인다. 그리고 주차 금지 표시도 있다. 그곳에 들어가는 건 안 된다. 토레와 나는 빙빙 돌았다. 나는 토레를 결코 붙잡을 수 없을 거야. 평생, 결코……. 빙빙 돌다가 급히 멈추며 내 팔이 토레를 끌어안았다. 매끄러운 재킷의 감촉이 얼굴에 느껴졌다. 나는 숨을 짧게 내쉬었다.

토레는 손으로 내 머리를 감쌌다.

"귀가 아주 차갑네! 날 봐. 뺨도 무척 차가워. 코와 입술도."

토레가 내 얼굴을 쓰다듬었다.

"하지 마."

나는 토레의 손가락을 깨물었다. 지금보다 내 몸이 더 더운 적은 없었다. 나는 재킷의 지퍼를 열었다.

토레의 손이 내 등의 맨살에 닿자 온몸에 전율이 일었다. 나도 토레의 두꺼운 옷 속을 쓰다듬었다. 토레도 나만큼 더운 모양이다. 토레는 나를 꼭 끌어안았다.

우리는 아주 조용히 서 있다. 위에서 눈이 부드럽게 내린다.

"너 연애하니?"

잉에르의 물음에 나는 아니라고 말했다.

아무도 그걸 알면 안 돼.

나는 너무 기쁘다. 그 기쁨을 말로 표현할 수 없다. 그 기쁨을 다른 사람과 공유하는 것도 어렵다.

나는 그 기쁨 때문에 심장이 터질 지경이다.

나는 잉에르를 뒤로한 채 뛰어 달아난다.

"그 아이는 몇 살이니?"

엄마가 물었다.

"열여덟 살."

엄마의 설교가 시작된다.

"열다섯 살짜리 여자 아이와 열여덟 살짜리 남자 아이는 차이가 크단다. 그 아이는 네게 요구도 하고 기대도 가질 텐데, 넌 그런 걸 채워 주기에 너무 어려."

"그래? 대체 어떤 요구인데?"

"모르는 척하지 마. 내가 무슨 말을 하는지 다 알잖아."

"엄마는 내가 남자랑 단둘이 있었던 적이 없을 거라고 생각해?"

"그래……. 있었니?"

"말 안 할래."

엄마와 나는 식탁 너머로 서로 노려보듯 바라보았다. 나는 음식이 더 이상 목구멍으로 넘어가지 않았다.

나는 손에 접시를 잔뜩 들고 자리에서 일어났다. 그러고는 접시들을 설거지통에 조용히 넣고 나갔다.

내가 침대에 누워 있는데 엄마가 들어왔다. 엄마는 미안하다고 말했다.

"네가 서서히 사생활을 가질 만큼 어른이 되고 있다는 건 나도 알아. 하지만 난 늘 우리가……, 우리가 서로 믿고 의지하고 있다고 생각했어."

"엄마는 항상 뭔가를 트집 잡아 비난하지 않고는 못 견디잖아. 난 엄마가 날 못 견뎌 한다고 느낄 때가 있어."

엄마는 침대 아래쪽 어둠 속에 서서 말했다.

"넌 별의별 기분을 한꺼번에 다 느낄 거야. 하늘을 날 것처럼 기쁘다가 죽을 만큼 몹시 슬프기도 할 거야. 겨우 열다섯 살이니까. 하지만 서른다섯 살이 된다 해도 그건 마찬가지야."

엄마는 한숨을 크게 쉬고는 속삭이듯 말했다.

"난 지금도 십대처럼 느껴질 때가 있어. 때때로 그래. 아주 마음 깊은 곳에서 말이야."

나는 손으로 이불 귀퉁이를 움켜쥐었다.

내가 뭐라고 대답해야 할 것 같은데. 엄마에게 좀 친근하게 말을 해야 할 것 같은데. 그러나 나는 대답할 만한 말을 찾지 못했다.

토레와 나는 극장에 갔다.

연애에 관한 영화였다. 화면 속의 주인공들이 옷을 벗는다. 주인공들이 서로 탐닉하는 장면에서 카메라가 맨살을 비추고 얼굴을 클로즈업한다. 스피커에서는 신음 소리와 거친 숨소리가 흘러나온다.

토레가 잡고 있는 내 손이 땀에 흠뻑 젖었다. 나는 신경을 곤두세우고 앉은 자리에서 몸을 계속 이리저리 뒤척였다.

이곳에서 멀리 달아나고 싶어. 토레를 볼 수 없을 것 같다.

나는 막대기처럼 뻣뻣한 자세로 화면만 바라보았다. 눈도 깜빡거리지 않으려고 애를 썼다.

토레가 내 손을 더욱 꽉 잡는다.

그러나 내 손은 더 이상 내 것 같지 않았다.

드디어 영화가 끝났다. 눈이 녹아 질척거리는 안개 속으로 나오니 마음이 편하다.

"멍청한 영화였어. 찜찜하고 맥 빠지는 영화야."

토레가 영화에 대해 품평을 했다.

나는 고개를 끄덕였다.

토레와 나는 토레네 집으로 갔다.

이 시간에도 토레네 집에는 아무도 없었다. 어색한 가죽 의자와 우아한 양탄자만이 우리를 맞이했다.

"우리 엄마 아빠 둘 다 법조인인 거 알지?"

토레가 투덜거리며 말했다.

"젠장, 엄마 아빠는 거의 집에 없어. 그리고 우리 형, 우리 형은 무슨 공부할 것 같아?"

"법학?"

"맞아."

"그럼, 오빠는? 오빠는 뭐 하고 싶어?"

"아직 모르겠어. 상황에 따라 달라지겠지. 학교 성적에 따라서 말이야. 사회경제학은 어떨 것 같아?"

"아, 좋지."

나는 토레를 따라 부엌으로 갔다. 사회경제학이 무엇인지 물어볼 용기가 나지 않았다. 엄마가 나이 차이에 대해 말한 게 생각난다.

토레는 냉장고 문을 열고 의기소침한 눈길로 날 바라보았다.

"맥주는 있는데……. 달걀 몇 개와 또……."

"삶은 감자도 몇 개 있네. 혹시 양파 있어? 저기 있는 치즈도 괜찮은 것 같은데."

나는 분위기를 바꾸기 위해 말을 계속했다.

그제야 토레의 집이 편안하게 느껴진다.

요리라면 자신 있으니까.

"오빠는 양파와 감자를 얇게 썰어. 나는 치즈를 가루로 만들 테니까. 그 다음에 달걀을 풀고 치즈를 섞어 구운 감자 위에 부을 거야. 좀 기다려. 섬세함을 요하는 일이거든."

토레의 뺨이 불룩해진다. 토레는 양파 때문에 눈물을 흘리며 나를 바라보고는 괴로운 듯 미소를 지었다.

"칼을 찬물로 씻어."

내가 말했다.

"네, 대장님, 분부 받들겠습니다."

토레와 나는 부엌 식탁에 앉아 식사를 했다. 촛불을 켜고 맥주도 커다란 잔에 따라 마셨다. 시계를 보지 않은 지 한참 되었다. 지금은 시간을 생각하지 않는다.

이건 현실이 아냐.

나는 토레 쪽을 향해 식탁 위로 몸을 숙이고 물었다.

"왜 여자들만 그런 식으로 신음 소리를 낼까? 영화에서 말이야."

그러자 토레가 오히려 내게 되물었다.

"영화에서만 그런 거야?"

"내가 그걸 어떻게 알아?"

갑자기 토레와 나 사이에 심각한 분위기가 감돈다. 나는 토레가 내민 손을 피했다.

그런데 갑자기 토레가 내 옆으로 다가왔다. 토레는 머리를 내 품에 묻고 팔로 내 몸을 감쌌다. 나는 조심해서 접시를 밀어내고 토레 위로 몸을 숙였다.

"내가 널 장난삼아 만나려고 했던 건 아냐. 내 말 듣고 있니?"

나는 고개를 끄덕였다.

나는 바닥에 앉았다. 그리고 토레의 얼굴과 손 가까이로 다가가 두 눈을 감았다.

영화의 장면이 다시 머리에 생생하게 떠오른다. 여자 주인공의 모습……, 그 여자의 얼굴 표정이…… 떠오른다.

나는 토레를 밀치며 일어났다.

"이제 집에 가야 해. 많이 늦었어."

토레가 현관으로 따라 나와 나를 꽉 끌어안았다.

"무섭니? 근데 뭐가 무섭지?"

"아니……. 그렇지 않아. 그냥……. 시간이 너무 늦어서."

엄마는 거실에 앉아 날 기다리고 있었다.

그게 나를 미치게 만든다.

젠장, 엄마는 무슨 걱정을 하는 걸까? 아무 일도 일어나지 않았는데.

맞아!

아무 일도 없었던 건 전부 엄마 때문이야.

이 주 뒤면 시험이 시작된다.

공포가 엄습했다. 나는 학교를 이틀 결석하고 시험공부를 했다. 카밀라가 음악회에 가자고 할 때도 안 가겠다고 했다. 엄마와 함께 외갓집을 방문해야 할 때도 가지 않겠다고 했다. 토레가 같이 클럽에 가자고 할 때도 싫다고 말했다. 그런데 토레가 우리 집까지 찾아오자 차마 외면하지는 못했다.

"나 공부해야 해."

"그래, 알아. 절대 방해하지 않을게. 네 방에 같이 있기만 할게. 쥐 죽은 듯 조용히 있을게."

토레는 사다리를 타고 내 침대로 올라갔다. 책상 위에서 삐걱대는 소리가 난다. 토레는 어둑한 침대에 배를 깔고 누워 나를 내려다보았다.

나는 독일어 문법책을 뒤적였다. 엄청 긴 단어들이 어른어른 얼비친다.

"하늘이 완전히 오렌지색인 거 알고 있니? 캄캄한 밤에도 오렌지색이네."

"응."

나는 독일어 전치사를 외우려고 애쓴다.

an, auf, hinter, in…… 아냐 …… 맞나?

"네 방 창문에서 우리 집이 보이는 거 알고 있니?"

"응."

"저 아래쪽 공원에 물을 채워 스케이트장 만든 거 알아? 저녁때 한번 가 보자. 팔짱을 껴도 될 거야."

나는 물리책을 펼쳤다. 여태 손도 대 보지 않은 책이어서 한 번은 반드시 들여다봐야 한다.

"네 머리카락에서 불그스름한 빛이 나는 거 알고 있니? 네가 스탠드 아래로 몸을 숙일 때마다 그 빛이 아주 또렷해."

나는 문법책을 조용히 덮고 사다리를 올라가 토레가 있는 데로 갔다.

"오빠가 얼마나 삐걱대는지…… 알아?"

나는 토레의 목 힘줄이 내 입술에 닿자 가슴이 쿵쿵 뛴다. 나는 토레의 셔츠 단추를 푼다. 내 입술이 토레의 가슴 주위를 돌며 갈빗대를 더듬다가 마침내 비단처럼 부드러운 살갗에 이른다. 나는 토레의 배에 얼굴을 편안히 기댄다. 토레는 가만히 누워 있다. 토레가 내뿜는 거친 숨소리만 들린다.

토레의 몸은 얼마나 멋진가.

나는 지금껏 이런 몸을 본 적이 없다.

그때 문을 두드리는 소리가 나지막하게 났다. 저녁 식사가 준비되었다는 엄마의 목소리도 함께 들렸다.

나는 갑자기 가슴이 빨리 뛰었다. 엄마가 방으로 들어올 수 있다는 불안 때문에 몸이 얼어붙는 것 같았다. 그때 토레가 내 뺨을 가만히 어루만졌다.

"그렇게 놀란 얼굴 하지 마……."

토레의 눈길에는 마치 아주 멀리서 온 사람 같은 표정이 담겨 있다. 토레가 손으로 나를 끌어당겼다.

그러나 내 마음은 어딘가 닫힌 것 같았다.

잔뜩 긴장한 내 귀는 집 안의 모든 소음에 열려 있다. 나는 토레의 셔츠 단추를 채우고 토레가 일어나는 걸 도왔다.

토레와 나는 식탁에 얌전히 앉아 있다. 토레는 엄마에게 자신이 속한 반핵 단체에 대해 이야기했다.

엄마는 흥미 있게 토레의 이야기를 들으며 질문도 했다.

나는 가만히 앉아 있었다. 그러나 손이 떨려서 찻잔을 잡을 때 쏟지 않도록 조심해야 했다.

크리스마스 전에 학교에서 댄스 시합이 열렸다.

나는 내가 달라졌다는 걸 알았다. 다른 아이들과 함께 있는 게 기뻤다. 별다른 이유도 없이 말이다.

나는 토미가 따분한 농담을 해도 아주 큰 소리로 오랫동안 웃어 준다. 잉에르가 담배를 피우고 싶다고 하면 화장실도 함께 가

준다. 잉에르는 최근에 담배를 피우기 시작했다. 그러나 이것도 아이들과 거리낌 없이 사귀는 일 중 하나일 뿐이다. 잉에르와 나는 킥킥거리며 시답지 않은 짓거리에 대해 서로 귓속말을 한다. 나는 페터와 뺨을 맞대고 지루하기 짝이 없는 춤도 춘다. 짧은 박자 몇 군데는 대충 맞춘다. 이 모든 게 얼마 만인가……. 나는 캄캄한 운동장 구석으로 가서 같은 학년인 토마스의 비밀 술도 한 모금 얻어 마신다. 나는 아이들과 함께 어깨동무를 한 채 밤늦게까지 소리를 지르며 길거리를 쏘다녔다.

"너 남자 친구 있니?"

누군가가 내게 물었다.

"아니. 오늘 저녁에는 없어. 오늘 저녁엔 너희들뿐이야."

"내 똑똑한 딸이 무슨 일이지?"

엄마가 내 성적표를 손에 쥐고 나무라듯 말했다.

"주요 과목 성적이 전부 거의 한 단계씩 떨어졌네. 어떻게 된 일이니?"

"몰라."

"모른다고! 맙소사……. 학교 공부보다 다른 것에 정신을 팔아 놓고 모른다니. 지금은 네 미래를 위해 준비해야 하는 시기야. 근데 이것 좀 봐."

"알았어, 나도 임신이나 해서 결혼하면 되잖아."

내가 이렇게 대드는데도 엄마는 흥분하지 않는다.

"심지어 물리와 수학은 두 단계나 떨어졌어. 이 년 전만 해도 네가 수학을 얼마나 좋아했는데?"

"수학은 진짜 재미없어."

"왜 여자 아이들은 주요 과목에서 포기하는 거지? 나는 세상이 발전하고 있다고 믿었는데 그렇지 않은 것 같아. 여자 아이들은 예나 지금이나 시야가 너무 좁아. 자기들의 미래에 대해 너무 생각이 없어."

"엄마가 기분이 나빠서 그렇게 말하는 거야. 사회경제학자가 아니라…… 사회복지사니까!"

그래도 엄마는 흥분하지 않는다.

"그래. 맞아"

엄마는 오히려 내 말을 인정하고 심사숙고하는 표정으로 말했다.

"사회복지사는 뭔가 근사하고 멋질 거라고 생각했던 때가 있었어. 사람들과 함께 일하고 사회를 좀 더 좋게 만들 수 있다고 상상했거든. 돈은 그다지 중요하지 않았어. 그런데 지금은 도움을 구하는 사람들은 너무 많은데 그들을 도울 방법은 거의 없는 싸움을 하고 있어. 뭔가 좋은 일을 한다는 느낌을 갖기는커녕 오히려 숨이 막힐 것 같은 때가 더 많아. 내가 생각한 사회에서의 자아실현은 물거품으로 돌아가고 있지."

"하지만 엄마는……."

엄마는 내 말을 막고 성적표를 돌려주었다.

"엄마, 지금은 크리스마스 방학이야……."

내 목소리가 의기소침하게 들린다. 엄마의 눈을 들여다보아도 내가 지금 무슨 짓을 하고 있는지 모르겠다.

하지만 중국 음식점에서 저녁 식사를 할 때 토레의 눈에서는 내 모습이 보인다.

크리스마스 방학 이튿날 나는 할머니에게 갔다.

기차가 역을 출발하자 커다란 불안이 찾아들었다.

지금 나는 토레에게서 떠나고 있어. 이번 방학을 토레와 함께 보내고 싶었는데.

그러나 안개 낀 회백색 풍경 속으로의 여행은 토레를 점차 내 머릿속에서 흐릿하게 지워 버렸다. 이제는 할머니가 현실이다. 내가 머물고 싶은 곳은 할머니 집이다. 파란색 방이 나를 기다리고 있다.

"너 많이 달라졌구나. 하지만 어디가 달라졌는지 잘 모르겠네."

나는 입을 다문 채 살짝 웃고는 할머니가 알아맞히게 가만히 있었다.

"맞다, 그거야. 너 남자 친구 생겼지? 그걸 금방 알아채지 못했네. 얘기해 보렴!"

나는 토레에 대해 이야기하고 싶다. 하지만 어떻게 말을 꺼내야 좋을지 몰랐다. 갑자기 토레의 얼굴이 잘 생각나지 않는다. 토레의 손, 눈짓, 내 어깨에 올려놓은 무거운 팔, 갑자기 터뜨리는 웃음소리만 생각이 난다. 토레가 한 말도 전부 기억난다.

그밖에는?

나는 토레에 대해 아는 게 별로 없다. 토레의 학교, 친구, 관심사, 부모님 등에 대해 거의 알지 못한다. 토레가 자기 주변에 대해 어떻게 생각하는지도 잘 모른다.

할머니가 내 머리를 쓰다듬으며 말했다.

"다음에 하렴. 그 아이에 대해서는 다음에 얘기하렴. 이제 식사나 하자. 오븐에 송어를 굽고 있어."

할머니 집에서 보내는 하루하루는 특히 짧은 것 같다. 창문으로 들어오는 빛이 회색 장밋빛에서 회백색 빛으로, 그리고 보랏빛으로 부드럽게 바뀐다. 그런 다음 다시 어둠이 찾아든다. 온통 캄캄해서 앞이 보이지 않는다. 별과 달마저 어디론가 사라졌다.

할머니 집에서 보내는 저녁은 언제나 온갖 잡담과 맛있는 음식이 가득해서 진짜 잔칫날 같다. 이 시간은 할머니가 난로 속에 깨끗하게 쌓아 올린 장작에 성냥불을 붙이고 까만 유리창에 커튼을 치는 것으로 시작된다.

나는 책으로 넘쳐 나는 할머니의 서가에서 책을 골라 재미있게 읽는다. 크누트 함순(1920년 노벨 문학상을 받은 노르웨이의 소설가-옮긴이)의 소설 〈빅토리아〉와 〈목신〉까지 손이 미친다. 이곳에 있으면 세상은 내게 비현실적인 것이 되고 멀리 떨어져 있다. 그 세계는 일곱 시 반 뉴스 시간 때 텔레비전 화면을 통해 알 수 있지만 텔레비전 버튼을 누르는 즉시 더 이상 존재하지 않는다.

"오늘이 너와 보내는 마지막 저녁이구나."

"네. 하지만 가고 싶지 않아요."

할머니가 나를 보고 미소 지으며 말했다.

"다음 주에는 병원에서 야근이 세 번이나 있어. 그러면 지금처럼 함께 지내지 못할 거야. 너와 함께 있는 지금이야말로 내게는 진짜 휴가란다."

나는 할머니가 잠자리에 들 때도 그대로 앉아 있었다. 그리고 제법 늦은 시간에 파란 방으로 올라갔다.

나는 탁상용 작은 스탠드만 켰다. 그러고는 비밀 서랍을 열고 매끄러운 돌을 손에 쥐었다.

언젠가 아빠도 이렇게 서 있었겠지. 그때는 아직 내 아빠가 아니었겠지만. 아빠는 지금의 나와 비슷한 나이였을 거야. 아빠는 돌 수집을 오래전에 그만둔 것 같아. 하지만 이 돌을 버릴 수는 없었을 거야. 손에 잡기 딱 적당하거든.

나는 돌을 손에 들고 서서 다리를 크게 벌린 채 어깨를 늘어뜨리고 눈을 감았다. 이제 나는 아빠다.

나는 눈을 뜨고 책상과 책상 뒤쪽의 빈 공간을 쳐다보았다. 그곳 오른쪽에도 서랍장이 있다. 그 서랍장 역시 뻣뻣한 녹색 천으로 가려져 있다. 나는 천을 왼쪽부터 조심조심 벗긴다. 천은 그다지 빽빽하게 씌워져 있지 않았다. 두 번째 서랍이 보이자 똑같은 비밀 서랍이 틀림없이 있을 거라는 생각이 들었다.

여기에 틀림없이 비밀 서랍이 있을 거야.

서랍은 잘 열리지 않았다. 서랍 속에는 아무것도 없고, 달랑 사진 하나만 들어 있었다. 자동카메라로 찍은 흑백 사진이다.

나는 실망했지만 그 사진을 손에 집어 든다.

어린 소녀의 사진이다. 소녀는 넓은 머리띠를 긴 금발에 두르고 화장기 없는 얼굴을 하고 있다. 소녀의 눈이 불안하게 나를 바라보는 것 같다. 금방 터질 사진기 플래시에 겁을 먹은 모양이었다. 사진 뒷면에 소녀의 이름이 적혀 있다. 지셀.

나는 사진을 다시 서랍에 넣고 닫은 다음 천으로 덮었다. 나는 불을 끄고 어둠 속에서 조용히 옷을 벗고 두툼한 이불 속에 누워 몸을 구부렸다.

그러나 잠이 오지 않았다.

아주 평범한 사진이야! 같은 반 여자 애들 중 하나겠지.

그런데 아빠는 왜 그 사진을 이 서랍에 보관해 놓았을까? 언젠가 보려고?

나는 침대에서 몸을 이리저리 뒤척이며 이불에서 시원한 쪽을 찾았다.

내일 할머니에게 지셀이 누구냐고 물어봐야지.

그러나 다음 날 나는 할머니에게 그 사진에 대해 묻지 않았다.

나는 그냥 아침을 먹고 짐을 꾸려 오전 기차를 타고 떠났다.

토레가 플랫폼에 서 있었다.

나는 가방을 내려놓고 토레에게 안겼다.

할머니는 멀리 있다.

할머니의 빨간 집에 있는 파란색 방은 아주 멀리 있다.

토레에 대한 그리움이 내 안에서 솟구친다. 이상하게도 토레를 다시 만난 지금 그리움이 허기처럼 확 밀려든다.

다음 날은 한 해의 마지막 날이었다.

토레와 나는 토레의 친구 집에서 열리는 으리으리한 파티에 같이 갔다. 거의 다 내가 처음 보는 사람들이다. 그러나 상관없다.

토레와 이렇게 가까이 있는데 다른 사람들이 무슨 의미가 있겠어?

"새해에는 뭘 하고 싶니?"

토레와 나는 아주 천천히 춤을 춘다. 밤 열두 시가 얼마 남지 않았다.

"바라는 거 없어. 난 원하는 것을 전부 갖고 있거든."

내가 대답했다.

"나는……. 지금부터 묻는 것에 대답해 줬으면 좋겠어."

토레가 나에게서 약간 떨어져서 말했다.

나는 토레의 눈빛을 읽었다. 굳이 토레가 더 말할 필요는 없다. 나는 주저하지 않고 머리를 끄덕인다. 토레에게는 그 정도로 충분했다.

"다음 주에 엄마 아빠가 집을 비울 거야. 주말 내내 내가 차를 써도 돼. 차를 몰고 어디든 갈 수 있어. 같이 갈래?"

"하지만……."

"그렇게 하겠다고 했잖아."

"우리 엄마는? 엄마에게 뭐라고 말해?"

밖에서 연말연시를 축하하는 폭죽 소리가 났다.

빨갛고 노란 불빛이 쏜살같이 하늘을 가르며 퍼졌다. 누군가 베란다 문을 열자 얼음같이 찬 공기가 다리에 스며든다. 누가 샴페

인을 터뜨렸는지 뚜껑이 천장 위로 날아갔다. 내 목소리는 떠드는 소리와 웃음소리와 건배 소리에 묻혀 사라진다.

새해가 시작된 지 몇 시간 뒤, 토레는 내게 머리를 대고 바닥에서 잠이 들었다. 나는 토레에게 몸을 숙여 감은 눈에 대고 속삭였다.

"산에 가면 될 거야. 그곳에 오두막이 있거든. 아무도 우리를 찾지 못할 거야. 결코."

잠이 든 줄 알았던 토레가 살짝 웃으며 나를 가까이 끌어당긴다. 그리고 베개 대신 나를 벤다.

파티에 온 사람들이 여기저기 흩어져 잠을 자고 있다.

카렌은 엄마가 잘 알지 못하는 친구다. 나보다 두 살 많고 토레와 같은 학교에 다닌다. 나는 엄마에게 다음 주말에 카렌 집에 갈 거라고 말했다. 주말에 카렌 혼자 집에 있는데 밤을 무서워한다고 핑계를 댔다. 그것은 가도 되냐고 묻는 질문이 아니다. 내가 가는 것은 이미 정해진 일이었다. 그러니 엄마는 이번 주말에 나와 함께 지내려고 애쓸 필요가 없다. 이것이 바로 내가 원하는 것이라고 얼마나 다짐했는지 모른다.

엄마가 가만히 내 눈을 들여다볼 수도 있어. 난 엄마의 눈길을 피하지 않겠어.

그런데 신문을 내려놓고 날 바라보는 엄마의 눈길에는 내가 피할 수밖에 없는 뭔가가 담겨 있었다.

엄마는 그런 눈으로 보아서는 안 되었다. 만약 엄마가 나를 의심하거나 화가 난 눈으로 쳐다보았더라면, 또 내가 집 밖으로 너무 돌아다닌다고 나무랐더라면, 또 나에게 제발 집에 좀 붙어 있으라고 말했더라면, 그리고 카렌이 우리 집에 와서 자도 되는 게 아니냐고 했더라면……. 그랬다면 나는 엄마에 단호하게 대답할 수 있었을 거다.

그러나 엄마는 아무 말도 하지 않았다. 다만 고개를 몇 번 천천히 끄덕일 뿐이었다. 그러고는 손에 든 신문을 조용히 구겼다.

엄마에게 사실을 말하고 싶다. 그러나 사실을 말해 버리면? 그러면 엄마는 더욱…… 더더욱…… 안 된다고 할걸…….

나는 어찌할 바를 몰라 엄마 앞에 서 있었다.

엄마도 어찌할 바를 몰라 의자에 앉아 있었다.

지금은 와플도 소용없다. 차 역시 마찬가지다. 코코아도 도움이 되지 않는다.

나는 엄마 방에서 나왔다. 그리고 조용히 내 방 문을 닫고 얼굴을 베개에 파묻었다.

엄마가 우는 소리가 들린다. 엄마의 절망적인 울음은 오래 계속된다. 깜짝 놀랄 일이다. 보통 때 엄마가 우는 일은 결코 없으니까.

아빠의 목소리가 벽을 타고 들린다. 아빠는 잘 들리지 않게 중얼거린다. 그러나 그건 도움이 안 된다. 아빠가 중얼거리는 소리가 계속 이어진다.

지금 여기는 위험해.

나는 침대에 앉아 귀를 막는다.

내 주위는 앞이 보이지 않을 정도로 캄캄하다. 사다리를 내려가 엄마 아빠에게 달려간다는 것은 어림도 없다. 내 침대 아래에는 더 이상 디딜 바닥이 없다. 그곳에는 낭떠러지가 있다. 그 어떤 곳보다 깊은 낭떠러지가 나를 삼킬 준비를 하고 있다.

지금 이게 멈추지 않으면…….

나는 귀를 막은 손에 힘을 더 준다. 머릿속이 윙윙거린다.

그만 하지 않으면 소리를 지를 거야.

그러나 그 소리는 그치지 않는다.

나는 비명을 지른다.

내 주위에 있는 어둠이 금방 흩어진다. 방에는 불빛이 있고 아빠가 있다. 아빠가 나를 꽉 붙잡는다.

나는 갑자기 잠에서 깨어 일어나 앉았다. 몸이 땀에 흠뻑 젖어 축축하다. 나는 겁에 질린 채 어둠 속에 귀를 기울였다.

집은 아주 조용했다.

우는 사람은 없다.

전혀.

그저 꿈이었을 뿐이야.

금요일 아침 일찍 날이 밝기도 전에 토레와 나는 길을 나섰다. 둘 다 학교 수업도 빼먹었다.

나는 엄마 방 서랍에서 오두막 열쇠를 꺼냈다. 그리고 가방에서 교과서를 전부 꺼낸 다음 두꺼운 옷가지로 채우고, 지하실에서 스키를 꺼내 왔다. 스키는 부활절 방학 때 왁스를 잔뜩 발라 놓은 탓에 여전히 끈적끈적했다. 토레가 운전하는 차가 도시를 벗어나자 나는 기분이 너무 좋아 정신없이 잡담을 늘어놓았다.

날이 밝아올수록 나는 말수가 줄어들며 차창 밖으로 꽁꽁 언 들판과 빨간색 농가들만 바라보았다. 멀리 있는 공장에서 내뿜는 연기가 곧바로 하얀 하늘로 올라갔다. 숲이 우거진 회청색 비탈은 오래된 그림에서처럼 윤곽이 금세 흐려졌다. 우리 사이에는 자동차 히터 소리만 들려왔다. 히터가 최대로 작동되는 중인데도 차 안은 추웠다.

나는 고개를 돌려 토레를 바라보았다. 토레는 어른처럼 핸들을 잡은 손에 가죽 장갑을 끼고 있었다. 머리는 헝클어진 데다 얼굴은 창백하고, 잘 보이지는 않지만 눈 아래쪽에 그림자가 드리워져 있었다. 뺨과 턱에는 면도 자국도 있었다. 그리고 짧은 속눈썹의 검은 눈은 계속 길만 바라보고 있었다.

무슨 말이라도 좀 해 봐!

내가 이런 생각을 하자 토레가 정말 내 쪽으로 몸을 돌렸다. 그러고는 나를 아주 잠깐 바라보더니 몸을 숙여 카세트 버튼을 눌렀다.

격렬한 록 음악이 차 안에 흘러넘친다.

토레와 나는 도중에 멈춰서 슈퍼마켓에서 장을 보았다.

토레는 선반에서 식료품을 꺼내 쇼핑 수레를 채웠다. 토레와 나는 어제 저녁에 장 볼 목록을 작성했다. 그런데 지금, 목록에 없었던 물건들이 엄청 많이 쇼핑 수레에 실렸다.

나는 몸과 마음 할 것 없이 몹시 피곤했다. 그래서 토레의 말에 아무 말도 하지 않았다. 그저 쇼핑 수레를 끌고 있는 토레의 뒤를 얌전히 따라가기만 했다.

차는 계속 달렸다.

태양은 차 뒷유리 너머로 낮게 지평선에 떠 있었다. 그리고 눈은 커다란 물결을 이루며 길가에 쌓여 있었다.

한 시간 뒤면 오두막에 도착하겠지.

토레가 카세트를 끄고 나에게 말을 걸었다. 나는 가만히 있는 것에 익숙해진 탓인지 토레의 말에 대꾸하지 않았다.

나는 자동차가 주차장 차단기 앞에 멈출 때쯤에야 우리가 뭔가 굉장한 짓을 저질렀다고 느꼈다. 보통 때에 표시가 잘 된 스키 활주로에는 사람이 다닌 흔적이 없다. 자동차 문을 열자 추위가 확 밀려들었다.

"그런데……. 어딘지 정말 찾을 수 있겠어?"

토레는 내게 손을 내밀며 물었다.

나는 고개를 끄덕였다. 물론 길은 안다. 스키 활주로가 보이지 않아도 훤히 알고 있다. 나는 노을빛 때문에 언덕과 습지의 모습이 명확히 구분되지 않는다 해도 길을 찾는 것만큼은 자신이 있다.

그런데 만약 안개가 자욱하면 어쩌지? 아니면 폭설이 퍼붓고 강풍이 불면?

조용한 분지에는 지독한 한기가 잠복한 것처럼 배어 있다.

"서둘러야 할 것 같아. 하늘을 봐. 금세 어두워지겠어."

토레의 말에 나는 단순히 고개를 끄덕였지만 정신은 바짝 났다. 토레와 나는 말없이 옷을 더 껴입고 배낭에 식료품을 꾸리고서는 차 지붕에서 스키를 꺼냈다.

"면도기 있어?"

스키를 손에 들고 묻는 내 목소리는 토레에게 겨우 들릴락 말락 했다.

그러자 토레는 고개를 젓더니 내 말을 잘못 알아들었는지 말없이 병따개를 내게 건넸다.

눈은 눈발이 약해져 살짝 내렸지만 그렇다고 그친 것은 아니었다. 토레와 내가 걸을 때마다 발이 푹푹 들어갔다. 남서쪽에서 태양이 지평선으로 사라졌다.

토레가 먼저 오두막을 발견했다. 나는 이미 기력이 떨어져 스키에서 눈을 떼 앞을 바라볼 수조차 없었다.

나는 오두막 문을 열고 들어가 아주 깜깜한 곳을 더듬어 등유 램프와 성냥을 찾았다. 그러고는 불을 붙여 램프를 높이 달았다. 불빛은 약해서 구석구석을 다 비추지 못했다. 한기가 오두막 안까지 따라 들어왔다. 벽, 의자, 찻잔, 접시, 이불 할 것 없이 어디에나 찬 기운이 스며들었다. 이곳에서 살아 있다고 느낄 수 있는 것은 오직 토레와 내 숨소리뿐이었다.

그때 토레가 웃었다.

토레는 배낭을 바닥에 내던지고 크게 웃음을 터뜨렸다.

"나중에 늙어 인생을 돌아본다면 오늘 일이 생각날 거야!"

토레의 말에 굳었던 내 마음이 녹는다. 나도 살짝 웃는다.

그러나 토레와 내가 이곳에서 뭘 하려는 건지 머릿속에 잘 떠오르지 않는다.

토레는 내 배낭을 벗겨 주고 벽난로에 불을 지핀 뒤 얼음처럼 차가운 털 모포를 가져와 내게 둘러 주었다. 그러고는 커다란 이인용 침대가 있는 침실 쪽 문을 열고 난로를 피우기 시작했다.

나는 털 모포를 두르고 앉아 있다. 이렇게 힘이 없기는 처음이다. 이렇게 가엾은 적은 없었다. 몹시 처량한 느낌이다. 게다가 이렇게 엄청난 피로를 느껴 본 적도 없었다.

오두막 안이 점점 따뜻해진다.

토레와 나는 스파게티를 만들고 소시지를 구웠다. 그러고는 맥주 한 병을 따고 건배를 했다.

토레는 즐거운 눈길로 나를 바라본다. 촛불이 토레의 까만 눈동자에 반사된다.

나는 계속 한기를 느꼈다. 한기가 가벼운 여진처럼 살갗 바로 아래 도사리고 있는 것 같다. 게다가 너무 피곤해서 졸다가 가끔씩 머리를 식탁에 찧을 뻔했다.

"나, 누워야 할 것 같아."

내 말을 듣고 토레가 곧장 자리에서 일어났다.

"내 말은……. 너무 피곤한 것 같다고. 잠 좀 자야겠어."

"아, 그래."

나를 바라보는 토레의 표정이 살짝 떨렸다. 나는 그 떨림이 추위 때문이 아니라는 걸 안다. 피로감 때문도 아니었을 것이다.

나는 방으로 가서 옷을 벗고 벽에 바싹 붙어서 커다란 이불로 몸을 돌돌 말았다. 이불은 얼음처럼 차갑고 눅눅하다. 나는 너무 피곤한 탓인지 차고 눅눅한 이불도 상관없었다. 토레가 거실을 돌아다니며 정리하고 난로에 장작을 더 집어넣고 촛불을 끄는 소리도 거의 듣지 못했다. 잠에 빠져 드느라 토레가 방으로 들어와 옷을 벗는 것도 거의 알지 못했다.

갑자기 토레의 맨살이 내 등에 닿는 게 느껴졌다.

나는 잠에 빠져 들었다. 통나무처럼 꼼짝 않고 잠을 잤다.

나는 화장실 때문에 한밤중에 잠이 깬다.

침대 아래에 간이 변기통이 있다. 하지만 그것을 사용할 수는 없다. 얼마나 민망할지……, 상상이 간다.

나는 그의 팔을 조심조심 밀어낸다. 침대에서 내려와 발가락 끝으로 얼음처럼 차가운 바닥 위를 뛰듯이 걷는다. 그러고는 털 모포를 찾아 어깨에 두른다.

별들이 총총히 박힌 밤하늘은 말로 표현할 수 없을 정도로 아름다웠다. 하늘이 아주 가까이 있다. 불안한 느낌마저 든다. 내 발에 눈이 닿자 발이 바늘에 찔리는 듯 따갑다.

그는 누비이불 속에서 나를 기다리고 있다.

나는 추워서 몸을 오돌오돌 떨며 그 옆에 눕는다. 그러나 그에게 바싹 다가가지는 못한다. 그런데도 그의 온기가 호수 수면의 물결이 원을 그리며 퍼지는 것처럼 전해진다.

그가 손으로 나를 어루만진다. 그의 부드러운 손가락이 닿자 추위 때문에 웅크린 내 몸이 매끄럽게 펴진다.

따뜻한 원이 계속 만들어진다.

나는 더 이상 몸을 떨지 않는다.

그의 손이 나를 어루만진다. 계속 원을 그린다. 그러다가 나만 알고 있는 몸의 부위에 닿는다.

그가 나를 어루만진다.

나는 더 이상 숨을 쉬지 못한다.

넌 모를 거야…….

이제는 나를 놓아주지 마!

그가 나를 어루만진다. 숨소리가 다시 내 안에서 터져 나온다. 그 어떤 깊은 곳에서 낯설게 천천히 터져 나온다. 몸에 묵직함이 느껴진다. 내리누르는 듯하면서도 동시에 부드러운 느낌이었다.

그가 나를 어루만진다.

이제 속도가 좀 더 빨라지고, 후끈거리는 열기가 수면 위에 그리는 원의 간격을 점점 더 조밀하게 만든다. 더는 이불이 필요하지 않다.

나를 꽉 잡아 줘. 꽉 붙들어…….

욕망과 놀라운 기쁨이 썰물 빠지듯 사라지자 나는 그를 꽉 끌어안았다.

나는 닫힌 창문의 어스름 속에서 잠이 깼다.

그는 그곳에 있다. 꿈에도 생각하지 못한 일이다.

나는 불안하게 그의 얼굴을 더듬는다. 내 손가락이 닿자 그가 잠을 깬다.

그는 그곳에 있다. 그의 눈길이 나를 끌어당긴다.

그는 얼굴을 햇빛 쪽으로 돌린 채 커다란 바위에 누워 있다. 내 구명조끼를 베개로 삼았다.

나는 그가 잠들었다고 확신했다.

나는 조심조심 물속으로 들어갔다. 지금 허벅지에 닿는 물은 더 이상 얼음처럼 차갑지 않다. 그러나 물이 배와 가슴과 입술에 닿으니 찬 느낌이 든다.

저기 위쪽에 있는 큰 나뭇가지 하나가 물속에 드리워져 있다.

나는 그 거리를 눈으로 어림잡아 헤아린다. 그리고 숨을 깊이 들이쉰 다음 물속으로 들어간다. 머리가 물속에 있다. 귀와 눈에도 물이 들어갔다.

다시 해가 나온다. 햇빛이 물속을 가로질러 반짝인다. 나는 팔을 열심히 움직인다. 입까지 숨이 차오른다.

나뭇가지가 있다. 나는 그 나뭇가지를 붙잡고 땅에 올라서서 기쁨에 숨을 헐떡이며 소리 지른다. 나뭇가지는 감히 놓지 못한다. 나뭇가지에 매달린 채 몸을 부들부들 떨며 환호성을 지른다.

봐, 봐! 난 할 수 있어!

저 위쪽 바위에 누워 있던 그가 일어나 앉는다. 그는 곧장 일어서서 물속으로 뛰어든다. 그러고는 힘껏 세 번 헤엄쳐서 내게 다가온다. 그는 내 손에서 나뭇가지를 뺏는다.

안 돼, 안 돼! 날 놓아줘. 나도 할 수 있어. 헤엄칠 수 있다고!

나는 닫힌 덧문의 어둠 속에서 잠이 깼다. 침대가 춥다.

그는 그곳에 없다.

그런데 희미한 불빛이 열린 방문으로 들어와 바닥 위를 휙 스치고 지나간다. 나는 이런 불빛을 본 적이 없다.

나는 그의 등 뒤에서 몸을 돌돌 말고 그가 내뿜는 온기와 안정감에 둘러싸인 채 잠을 잔다.

잠에서 깨어나니 침대가 춥다.

그는 그곳에 없다. 그러나 엄마가 있다. 엄마는 벽에 바싹 붙은 채 이불을 덮고 자고 있다.

열려 있는 거실 문 사이로 불빛이 희미하게 들어온다. 나는 슬그머니 침대를 빠져나온다. 문가를 보니 그곳에 그가 앉아 있다. 그의 앞에는 책이 놓여 있지 않다. 종이도 줄자도 신문도 없다. 식탁에 올라와 있는 그의 손은 움직임조차 없다.

나는 문가에 오랫동안 서 있다. 잠옷 아래쪽에서 한기가 올라온다.

아빠?

그가 몸을 돌린다. 나를 바라보지 않고 저 너머를 바라본다. 그의 시선이 나를 가로지른다.

그는 나와 함께 있다. 그가 나를 들어 올려 끌어당긴다. 나를 놓아주려 하지 않는다. 너무 꽉 잡고 있어서 아플 정도다.

"잘 잤니? 더 자도 돼!"

토레는 침대 가장자리에 앉아 있었다. 바닥에 놓여 있는 등유 램프가 엄청 큰 그림자를 던지고 있다. 나는 일어나 앉았다.

"따뜻해질 때까지 더 누워 있어. 난로에 방금 불을 붙였거든. 두 개 다 말이야."

토레가 내가 있는 이불 속으로 들어왔다. 토레의 두꺼운 털 스웨터가 내 맨살을 간질인다.

토레는 날이 추워서 우유가 다 얼었다고 말했다.

"아, 꿈을 너무 많이 꾸었어……."

"내 꿈이었기를 바래."

내 말에 토레가 한 마디 했다.

"아냐. 아빠 꿈이었어."

"아빠? 돌아가셨잖아. 벌써 여러 해 되었다며?"

"응."

나는 토레의 스웨터에서 약간 물러났다.

"이제 일어나는 게 어때? 우유를 녹여 보자. 먼 훗날 돌이켜 봤을 때 거의 굶어 죽을 뻔한 날로 기억될 거야."

오두막 문을 열고 밖으로 나오니 벌써 아침이다.

달은 여전히 탐조등처럼 하늘에 걸려 있다. 꽁꽁 얼어붙은 풍경은 마치 무대 장치 같다. 추위만이 생생하게 와 닿았다.

그러나 내 몸 속의 온기는 살갗을 뚫고 나와 추위를 녹이지는 못했다. 나는 계단에 조금 더 머물었다.

꿈속의 그는 저기 집 안에 누워 있다. 그의 흥분이 여전히 내 몸속에 남아 있다. 혈관이 펄떡펄떡 뛴다. 나는 분말 같은 눈을 손에 가득 채워 얼굴에 갖다 댄다. 눈은 속절없이 녹아 없어졌다. 하지만 내 미소를 지워 없애지는 못했다.

나는 다시 꿈속의 그가 있는 안으로 들어간다.

그러고는 문을 조용히 닫는다.

"내가 바래다줄까?"

일요일 저녁 늦게 토레가 물었다.

우리 집 창문을 보니 어둡다. 얼마나 마음이 놓이는지 모른다.

그렇다면 당장은 엄마와 마주치지 않을 거야. 어둡고 조용한 집으로 문만 열고 들어가면 돼. 나 혼자 있어도 상관없어.

"괜찮아. 혼자 가도 돼."

토레는 더는 묻지 않고 차를 몰았다.

어쩌면 내가 말로 하지 못한 게 무엇인지 알 거야.

집 안은 어두웠다.

나는 불을 켜고 배낭을 벗어 놓은 다음 테이프를 카세트에 꽂았다. 그리고 유유자적하게 짐을 풀고 물건들을 전부 제자리에 놓으면서 부드러운 음악의 리듬에 맞춰 머리와 몸을 흔들었다. 그런 다음 부엌에서 빵을 몇 개 가져온 뒤 엄마가 어디 갔을까 곰곰이 생각했다.

쪽지 같은 거라도 남길 수 있잖아? 아무 말도 없이 그냥 사라져 버린 건 엄마답지 않아?

나는 내 방을 뒤져 일기장을 찾아냈다. 일 년 이상 아무것도 쓰지 않은 일기장이다.

앞으로도 일기는 쓰지 않을 거야. 일기장은 내가 어릴 때 가지고 놀았던 장난감과 인형 그리고 책들과 함께 상자에 넣을 거다.

나는 일기장에서 아빠의 사진을 꺼냈다. 오래전에 아빠가 공연할때 찍은 사진이다. 꼭 끼는 청바지를 입고 셔츠를 풀어 헤친 아빠는 눈을 감고 있다. 입은 반쯤 벌리고 있고 얼굴은 헝클어진 머리에 둘러싸여 있다. 예전에 이 사진은 내게 비밀과 같았다.

이 얼굴 표정 봐…….

갑자기 아빠가 뭐라고 말하는지 알 것 같았다.

나는 이 사진을 벽에 걸려 있는 아빠의 다른 사진 옆에 정성스럽게 붙여 놓는다.

그리고 엄마가 오면 내가 어디 갔다 왔는지 털어놓기로 결심했다.

엄마는 언제 돌아올까?

나는 불안한 마음으로 침대에 기어 들어갔다. 그리고 타고 있는 등잔불 옆에서 잠이 들었다.

다음 날 아침은 거의 쫓고 쫓기는 싸움처럼 몹시 분주하기만 했다. 엄마나 나나 서로 뭔가를 물어볼 시간이 없었다. 학교가 끝난 뒤 나는 카밀라를 데리고 와 저녁을 먹는 바람에 엄마와 이야기를 나눌 시간이 없었다.

그러나 밤에는 시간이 있었다. 엄마는 텔레비전을 껐다. 책도 옆으로 치웠다. 하지만 나는 아무 말도 못했다. 엄마도 묻지 않았다. 엄마와 나 사이에는 단 한 마디도 오고 가지 않았다. 엄마는 태연히 다시 책을 읽으며 페이지를 넘겼고 나를 전혀 건너다보지 않았다.

다음 날도 마찬가지다. 나는 서서히 차마 확인하지 못하는 엄마의 마음을 이해하기 시작했다.

나는 교실에 앉아 있었다. 잉에르는 영어 시험을 보았다. 아이들은 모두 자리에 앉아 무슨 일이 일어나기를 기다렸다. 시간이 더 빨리 지나가게 할 수 있는 사건을 말이다.

산속 오두막으로 놀러 갔다 온 뒤 나흘이 지났다. 그 사이에 나는 토레와 딱 한 번 이야기했다. 그것도 전화로 말이다. 그것으로는 성이 차지 않았다. 나는 반 아이들을 새삼스레 관찰했다. 보통 때와 다른 점은 전혀 없다. 공기, 불빛, 아이들의 뒷모습, 책상 위로 숙인 얼굴들 모두 그전과 똑같다.

어쩌면 이 모든 게 내가 꾼 꿈일지도 몰라. 전부 다 환상일지 몰라. 내가 너무 원했기 때문에 현실이 되어 버린 환상.

엄마가 내게 물어볼 마음만 먹는다면.

그러나 토레만 있다면…….

선생님이 내 이름을 불러 질문을 했지만 나는 전혀 대답하지 못했다.

쉬는 시간에 나는 학교 밖으로 나갔다. 저 아래쪽 길에 빵집이 있다. 카밀라는 마치 나를 기다리고 있었다는 듯이 벌써 그곳에 와 있었다.

"다음 수업 빼먹을까?"

내가 숨 가쁜 소리로 물었다.

카밀라는 의심쩍은 눈초리로 날 바라보았지만 다른 아이들이 모두 빵집을 떠날 때까지도 그대로 앉아 있었다. 이제는 작은 탁자에 카밀라와 나, 둘만 남았다.

"있지……."

내가 탁자 위로 몸을 숙이고 머뭇머뭇 말했다.

"……나 지난 주말에 오두막에 갔었어."

"그래? 그런데 너 그동안 나한테 얼마나 굉장한 일이 생겼는지 모르지? 겨울 방학 때 우리 가족 모두 카나리아 섬(아프리카 북서부 대서양에 있는 스페인령 화산 섬-옮긴이)에서 일주일 동안 지내기로 했어."

나는 도넛 하나를 통째로 입 안에 쑤셔 넣었다. 그러자 설탕과 잼이 삐져나왔다. 카밀라가 신이 난 표정으로 여행에 대해 상상의 날개를 펴는 동안 나는 도넛을 씹고 또 씹었다.

이번 학기가 끝나던 날 토레가 우리 집에 왔다. 토레는 입가에 미소를 머금고 있었다. 이제 나는 더 이상 함께 이야기할 사람이 필요 없다. 토레의 팔이 내 어깨를 단단히 감싸는 것을 느끼는 것으로 충분하니까.

토레와 나는 토레의 집으로 갔다.

"피임약은?"

토레가 물었다.

조심해. 피임약 잊지 마.

이것은 엄마가 늘 하는 말이다. 내가 너무 어려서 그런 걸 상상조차 할 수 없었을 때부터 들어왔던 말이다. 킥킥거리고 웃을 수밖에 없는 웃기는 이야기였다. 게다가 단정치 못한 느낌이 드는 말이기도 했다. 그 단어를 들으면 자신의 몸조차 제대로 간수하지 못하는 여자처럼 느껴졌다. 또 생리 중인 여자의 냄새가 느껴졌다.

병원에 예약해.

싫어. 말도 안 돼! 가고 싶으면 혼자 가. 난 피임약 같은 거 삼키고 싶지 않아. 그리고 낯선 사람 앞에서 다리를 벌리는 의자에는 절대 앉지 않을 거야. 그게 의사든 누구든 상관없어.

나는 생각은 이렇게 하면서도 맞은편에 앉아 있는 토레의 말에 고개를 끄덕였다.

맞아! 내가 피임약을 구하는 게 제일 간단해. 내일 당장 병원에 예약할게.

나는 외래 진료를 예약했다. 그리고 곧장 토레에게 전화를 걸었다. 토레가 내 불안을 조금이라도 덜어 주기를 간절히 바랐다. 적어도 일부는 토레도 함께 나눠야 했다.

"잘 했어."

토레가 날 칭찬하며 말했다.

"빨리 잡혔네. 내일 저녁에는 모임에 가야 해. 핵무장을 반대하는 모임이야. 다음 달에 있을 대규모 시위에 대해 토론할 거야. 같이 갈래?"

"아니……, 안 될 것 같아. 그냥 예약했다고 알려주려고……. 그럼, 안녕."

내 목소리가 무척 가련하게 울렸다. 나는 토레가 뭐라고 말하기 전에 수화기를 내려놓았다. 그러고는 그 자리에서 머뭇거렸다.

나는 다시 수화기를 손에 들었다가 전화기 위로 내던졌다.

나는 엄마와 함께 거실에 앉아 뉴스를 보았다. 가뭄 때문에 고향을 찾은 아프리카 청년의 인터뷰가 나왔다. 그 청년에게 미래의 전망을 어떻게 보느냐는 질문이 이어졌다. 청년은 눈을 반짝이며 카메라를 바라보았다.

미래라고요? 미래는 상상할 수 없어요.

나는 텔레비전 화면을 뚫어지게 쳐다보았다.

핵무기.

산부인과 의자.

아프리카 청년의 질문하는 듯한 까만 눈.

나는 완전히 미쳤나 봐. 하지만 계속 어그러지는 현실을 보면서 내가 할 수 있는 일은 뭐지?

엄마는 말없이 앉아 있다. 내가 있는 쪽을 바라보지도 않는다.

나는 더 이상 이 자리에 그냥 앉아 있을 수가 없었다. 그래서 온 집 안이 울리도록 문을 쾅 닫았다.

엄마는 나를 쫓아오지 않았다.

엄마는 아마도 일기 예보를 보려고 할 것이다. 그 다음에야 나에게 도대체 왜 그러느냐고 물어볼 거다.

전화벨이 울렸다.

"마침 네가 받네. 괜찮다면 같이 가고 싶어. 외래 진료 때 말이야. 혼자 가는 것보다 나을 거야."

토레의 목소리에는 추진력과 친밀함이 담겨 있다.

나는 고개를 끄덕였다.

의지가 확고할 때는 아무 말도 하지 않아도 돼.

나는 수화기를 양손에 꽉 쥐었다.

"여보세요! 아직 듣고 있니?"

"응. 같이 가 준다니 기뻐. 앞으로는 투덜거리지 않을게. 그리고 나도 함께 가고 싶은데. 내일 모임 때 말이야. 그래도 괜찮다면."

다음 날 저녁 나는 토레와 함께 모임에 갔다. 모임 장소는 벤테라는 여자 아이의 집이었다. 벤테는 토레와 같은 반이었다. 거기에는 토레와 나를 빼고도 일곱 명이 더 있었는데 전부 토레와 비슷한 또래였다.

나는 토레 옆에 앉았다.

모임에 온 아이들이 내게 인사를 건넸다. 하지만 그게 다였다.

처음에는 학생들의 몇몇 단체 행동에 대해 논의가 이루어졌다. 모임에 참석한 어떤 한 아이가 계획을 세운다. 토레는 탁자 위로 몸을 숙이고 크고 열정적으로 말한다. 그러면 다른 아이들이 토레의 말을 귀 기울여 듣는다. 나는 자리에 앉아 토레의 등을 바라본다. 이런 게 진짜 토레의 모습이다. 우리가 레뷰를 준비했을 때도 토레는 이런 모습이었다. 내가 그것을 잊었을 뿐이다. 토레와 내가 단둘이 있는 경우가 많았으니까.

"좋아. 이제 일하자!"

탁자 주위가 조용해졌다. 토레는 종이 몇 장과 플래카드를 가져오고, 자신이 참여하고 있는 다른 모임에 대해 말했다. 시위를 어떻게 조직해야 하는가에 대한 이야기였다. 그러고는 이 모임이 할 수 있는 일을 제안했다.

나는 토레 뒤쪽에 앉아 귀를 기울였다.

"너, 괜찮니?"

아이들 중 하나가 내게 물었다.

"계속 가만히 앉아만 있었잖아. 이런 모임 처음이야?"

나는 밝게 웃으며 그 아이를 바라보고 말했다.

"있어. 종종 시가행진에 참여했거든. 엄마와 함께 말이야."

탁자 주위에서 크게 웃는 소리가 났다.

나는 소파에 도로 앉아 더는 말하지 않았다. 나는 벤테가 맥주와 땅콩을 탁자에 내놓을 때 자리에서 일어났다.

토레가 나를 따라 복도로 나왔다. 토레는 내가 가려는 이유를 이해하지 못한다. 나는 밀린 숙제 때문에 가야 한다고 말하며 토레에게 그냥 있으라고 했다.

내가 간다고 토레까지 갈 필요는 없잖아.

나는 천천히 집으로 갔다.

토레는 웃었다. 다른 아이들과 함께 웃었다. 토레가 나를 그 모임에 데려가려고 한 이유가 뭔지 이해가 되지 않았다.

일월 말에는 일주일 동안 어느 직장에서든 실습을 해야 한다. 나는 신문사 편집부에 가기를 바랐지만 보호 시설에 배정되었다. 그것도 외곽에 있는 보호 시설이었다. 신문사 편집부에는 토미가 배정되었다.

나는 매일 아침 일찍 버스에 몸을 실었다. 보호 시설에서 아침 식사를 나눠 주는 일을 해야 하기 때문이다.

그 다음에 나는 간호사와 함께 방들을 돌아보아야 한다. 내가 하는 일은 꽃병의 물을 갈아 주고 과일 주스를 나눠 주는 것이다.

그곳에서는 내게 시설에 있는 노인들과 이야기를 나누라고 한다. 직원들은 그럴 시간이 거의 없다나.

나는 노인 스무 명과 함께 오락실에 앉아 있다. 노인들은 서로 말하는 것 같지만 실은 대개 혼잣말을 한다. 나는 이름과 나이를 묻는 말에 열 번씩이나 대답을 한다. 그렇게 묻는 사람은 매번 같은 할머니다.

나는 휠체어를 탄 남자를 밀면서 긴 복도를 왔다 갔다 한다. 그러고는 복도 끝에 있는 커다란 창 앞에 멈추고 잠시 그대로 서 있는다. 빛 때문에 눈이 부시다. 하늘이 하얀 눈에 반사된다.

"아, 아. 나가고 싶다. 전에는 일요일마다 숲에 갔었는데."

휠체어에 탄 남자가 탄식하듯 한숨을 쉬며 말했다.

이건 아니라는 생각이 든다.

사실일 리 없어. 멀쩡한 사람이 이렇게 허약하고 절망적으로 된다는 건 말도 안 돼.

나는 그 남자를 창에서 떼어 냈다.

나는 시내로 향하는 버스에 앉아 늙고 싶지 않다고 생각했다. 어쨌든 그렇게 늙기는 싫다.

나는 점심을 먹으면서 보호 시설에서 겪었던 일들을 엄마에게 봇물 터지듯 쏟아 냈다. 엄마는 내 말에 귀를 기울였다. 엄마와 나는 언제부터인가 다시 이야기하기 시작했다. 그러나 둘 사이에는 절대 건드리면 안 되는 부분들이 있다. 그런 부분들은 너무 많아서 자칫하면 건드리기 쉽다. 그러니 무조건 조심해야 한다.

실습이 끝나기 이틀 전 나는 아침 근무에 배정받았다. 간병인 중 한 명이 이날 보이지 않았다. 나는 흰 가운과 메모가 적힌 쪽지를 받았다.

3호실에 가서 아스트리드 간호사를 도울 것.

아스트리드 간호사는 나보다 불과 몇 살 많지만, 경력으로 보면 지금의 나와는 하늘과 땅 차이이다. 그녀는 창가 침대에 누워 있는 라르센 씨의 이불을 노련한 동작으로 벗기고는 내게 그릇에 물을 받아 오라고 시켰다.

"아랫도리를 씻길 때는 깨끗한 수건을 써야 한다는 걸 잊지 말아요."

아스트리드가 내게 주의를 시킨다.

나는 머뭇거리며 다가갔다. 라르센 씨는 흰색 잠옷을 입은 채 침대에 앉아 있다. 그의 다리는 비쩍 말랐고 뻣뻣했다. 말라서 쭈글쭈글하고 거의 자두색에 가까운 성기는 그 다리 사이에 놓여 있다. 성기에는 고무호스가 꽂혀 있고, 호스는 침대 옆쪽에 고정된 노란 주머니와 연결되어 있다.

아스트리드는 노란 주머니를 새 것으로 바꾸고 나를 바라보며 말했다.

"이 환자의 등을 씻긴 다음에 다른 일을 보도록 해요."

나는 너무 바보 같다. 그러나 동시에 마음은 한결 가벼워졌다. 이제는 라르센 씨에게 좀 더 쉽게 다가갈 수 있다. 그에게 셔츠를 벗고 싶으냐고 묻는 것도 쉬워졌다. 라르센 씨는 잠이 덜 깬 상태로 나를 바라보며 이상하게 웃고 있지만, 정작 내 말이 무슨 뜻인지는 모르는 게 분명했다. 나는 조심조심 단추를 풀고 라르센 씨의 머리 위로 셔츠를 벗겼다. 나는 라르센 씨가 몸을 숙이는 것을 느꼈다. 하지만 거의 느껴지지 않을 정도의 움직임이었다. 내가 자신의 등에 더 가까이 다가갈 수 있게 도와주려는 것 같았다.

아스트리드는 격려한다는 뜻으로 미소를 지었다.

나는 내게 보내는 미소라고 생각한다.

모든 게 다 그렇게 나쁘지는 않아.

"무섭니?"

토레가 물었다.

토레와 나는 외래 진료를 받으러 가는 길이다.

좀 더 신중하게 생각해야 해.

여전히 내 머릿속에는 온통 보호 시설에 대한 생각뿐이다.

"응. 하지만 처음보다는 그렇게 나쁘지 않아."

내가 대답했다.

나는 토레에게 라르센 씨에 대해 이야기해 주고 싶다. 나는 라르센 씨를 알지만 토레는 모르니까. 그러나 옆에서 토레를 바라보자 토레와 라르센 씨 사이에 어떤 연결 고리도 찾을 수가 없다.

토레는 그렇게 되지는 않을 거야.

라르센 씨는 틀림없이 원래부터 노인이었을 거야.

내 이름을 부른 의사는 남자가 아니라 중년 여성이다. 여의사는 인사를 건네고 책상 옆에 앉으라고 했다. 의사는 시간이 많은 것처럼 보였다. 내가 생년월일을 댈 때도 눈 하나 깜짝하지 않았다. 오히려 내가 질문을 제대로 할 수 있도록 도와주었다.

나는 의자에 맥없이 쓰러졌다. 내가 내내 신경이 곤두서 있었다는 것도 까먹었다.

의사가 나를 진찰한다. 의사는 자신이 무엇을 하고 있고, 어느 부위를 만지는지 설명해 주었다. 그리고 내가 다른 곳에 한눈팔지 못하도록 내 시선을 자기에게 집중시켰다.

나는 손에 처방전을 들고 토레가 있는 대기실로 가서 이리저리 흔들어 댔다. 나는 대기실에 다른 사람들이 있는데도 웃음이 터지는 것을 참을 수 없었다.

"기분 나빴니?"

계단을 내려가면서 토레가 물었다.

"나쁠 게 뭐가 있어?"

나는 숨이 찬 목소리로 대답했다.

이날 저녁 토레와 나는 저녁을 먹으러 갔다. 비프스테이크에다 포도주 한 병을 나눠 마신 뒤 엄청 많은 아이스크림을 후식으로 신나게 먹어 치웠다.

우리에게는 축하할 일이 있었다.

그러나 정작 그것에 대해서는 이야기를 나누지 않았다.

나는 열여섯 살이 된다.

엄마는 케이크를 굽고 나는 토레를 초대했다.

토레는 조그마한 상자를 하나 들고 왔다. 얇고 투명한 종이로 예쁘게 포장한 상자였다. 그 속에는 은 귀걸이가 들어 있었다. 무척 깜찍한 귀걸이다. 나는 너무 고맙다며 호들갑을 떨었다. 그러나 귀를 아직 뚫지 않았다는 말은 차마 하지 못했다.

그런데 엄마는 귀를 뚫었다.

엄마가 내 손에서 귀걸이를 빼앗아 조심조심 귀에 걸어 보았다. 한번 걸어 봐도 되냐고 내게 묻지도 않았다. 아무렇지도 않게 그냥 갖다 걸어 본 것이다. 엄마는 한 손으로 머리를 흐트러지지 않게 잡고, 어두운 복도에 걸린 거울을 꼼짝 않고 들여다보았다. 토레와 나는 엄마 뒤에 서 있었다. 은 귀걸이가 엄마의 목 옆에서 번쩍였다.

"잘 어울리시네요."

토레가 말했다.

엄마는 귀걸이를 다시 빼서 내 손에 쥐어 주었다.

"아주 예쁘네. 토레는 물건 보는 눈이 있구나."

토레가 웃으며 엄마를 바라보았다.

엄마도 토레에게 미소로 답했다. 미소를 짓는 엄마의 눈이 커졌다. 엄마는 아직도 귀걸이를 하고 있는 것 같은 표정이었다.

나는 귀걸이를 상자 안에 넣고 뚜껑을 닫았다. 내가 언제 귀걸이를 하게 될지는 나도 모른다.

우리는 케이크와 촛불이 놓인 거실 탁자에 앉아 있다. 엄마와 토레는 커피를 마시고 나는 콜라를 마셨다. 나는 자리에 앉아 양손으로 콜라 병을 돌리며 엄마가 사회복지국의 새로운 자료 처리 시스템에 대해 설명하는 소리를 들었다. 토레는 엄마의 말을 흥미진진하게 들으며 질문도 하고 자신의 생각도 이야기했다.

"컴퓨터 수업은 정말 지루해."

나는 단어 하나하나에 힘을 주며 말했다.

엄마와 토레가 놀란 눈으로 나를 바라보았다. 두 사람은 컴퓨터 수업이 학교 과목에 있는 걸 내가 다행으로 여겨야 한다고 말했다. 토레가 내 나이 때는 컴퓨터 과목이 학교 수업에 없었고, 엄마는 지금 그 나이에 컴퓨터를 배워야 할 판이니까.

괜히 나 혼자 툴툴거릴 뿐이다.

토레는 케이크 한 조각을 더 집어 들더니 엄마의 솜씨를 칭찬했다. 그러고는 자리에서 일어나 엄마의 음반들이 쌓여 있는 곳을 죽 훑어보았다. 토레는 밥 딜런의 음반을 하나 골라 엄마와 나를 바라보며 물었다.

"혹시 밥 딜런 음반 더 있으세요?"

나는 글쎄 하는 표정으로 어깨를 추켜올렸다.

그런데 엄마는 신이 나서 자리에서 일어나 밥 딜런의 음반을 몇 장 더 찾아냈다. 그 뒤부터 엄마와 토레는 밥 딜런의 노래가 발

표된 연도와 가사와 음악적 표현 등에 대해 이야기했다.

"밥 딜런 노래는 정말 밋밋하고 싱겁기 짝이 없어."

내가 크고 도전적인 목소리로 말했다.

그런데 엄마와 토레는 나를 거들떠보지도 않았다. 내 말이 두 사람에게 전혀 방해가 되지 않는 모양이다.

토레는 돌아갈 때 내게 엄마를 칭찬했다.

"너희 엄마 멋지다."

나는 토레를 조금만 배웅했다. 내가 토레의 손을 어찌나 꽉 잡았던지 방에 돌아와서도 손에 그 느낌이 남아 있었다.

"너희 엄마하고는 많은 일에 대해 이야기를 나눌 수 있을 것 같아. 우리 엄마는 백발 할머니인 데다 늘 개인적인 일로 너무 바쁘거든. 내가 뭘 좋아하는지 관심을 보인 적이 거의 없어. 내가 어렸을 때야 안 그랬겠지만 지금은 아니야."

나는 토레의 엄마를 본 적이 없다.

하지만 지금 이 순간이라면 정말 엄마를 바꾸고 싶다.

"엄마가 이번 컴퓨터 강좌를 듣게 되면 하룻밤은 집에 못 들어올 거야."

이 말에 토레는 내가 생각했던 대로 반응했다. 가던 길을 멈추고 나를 끌어안은 것이다.

"너희와 같이 시위에 참여해도 될까?"

엄마가 물었다.

토레는 우리 집에서 식사를 했다. 우리는 삼십 분 뒤 시위에 참여하러 나갈 생각이다.

나는 속으로 '안 돼.' 하고 외쳤다.

엄마는 다른 사람들하고 가면 되잖아.

"물론이죠. 함께 가시면 좋죠."

토레가 좋아하며 말했다.

밖이 차츰 밝아진다. 날씨가 정말 따뜻해졌다. 길거리는 축축한 데다 뿌려진 염화칼슘 때문에 더러워졌다. 전차가 저 아래쪽에서 덜커덩거리며 지나간다.

엄마와 토레와 나는 조용한 골목길을 지나 시내 방향으로 걸어갔다. 커다란 주차장이 나왔다. 높다란 나무 아래에는 더러운 눈이 쌓여 있고, 인도에는 얼음 조각과 모래투성이다. 나는 커다란 주차 금지 팻말 같은 것이 바닥에 없나 찾아보았다. 물론 그런 팻말은 어디에도 없다. 나는 차라리 혼자 주차장에 남고 싶었다.

내가 그렇게 해도 엄마와 토레는 전혀 눈치 채지 못할 거야. 서로 눈짓으로 물으며 약간 어리둥절해하겠지. 쓸데없는 말로 날 설득하려고 할 거야.

엄마와 토레가 한 편이라서 이 대 일이 될 텐데.

나는 주차장을 지나 넓은 길이 나오는 데까지 계속 걸어갔다. 그곳에는 이미 수천 명의 사람들이 모여 있었다. 나는 어린아이처럼 엄마가 사 준 횃불을 손에 들고, 엄마와 토레 사이에 서서 사람들을 뚫고 커다란 광장을 향해 걸어갔다.

그런데 갑자기 무슨 일인가 벌어졌다.

엄청 많은 사람들이 저항의 뜻을 담아 횃불을 들고 대오를 형성했다. 이 순간만큼은 다른 것은 전혀 중요하지 않았다.

나는 토레에게 전화를 걸었다. 오랫동안 토레를 보지 못했다. 얼굴을 본 지 적어도 닷새나 되었다.

어떤 부인이 전화를 받았다. 토레의 엄마였다.

"토레는 집에 없는데. 반 친구들과 함께 나갔단다. 혹시 네가 우리 토레 꼬마 여자 친구니?"

나는 수화기를 내려놓았다.

온몸이 오그라드는 것 같다. 토레의 엄마가 날 꼬마로 대하는 것만큼 작아지는 느낌이었다. 토레의 모습이 내 앞에서 흐릿해지고 낯설어지는 것 같다. 반 친구들과 함께 있는 토레의 모습이 상상된다. 토레가 나보다 엄청 클 뿐만 아니라 이미 어른이라는 생각도 들었다.

나는 방에 들어가 숙제를 할 수가 없었다. 텔레비전 드라마도 눈에 들어오지 않았다.

나는 재킷을 걸치고 밖으로 나가 카밀라에게 갔다. 카밀라의 좁고 너저분한 방에서 침대에 놓인 수많은 쿠션들 사이에 웅크리고 앉아 카밀라의 수다로 머릿속을 가득 채웠다.

"나, 숙제 거의 다 했어."

카밀라는 이렇게 말하며 이야기를 계속했다.

"정말 쓸데없는 짓이야. 하지만 어쩔 수 없지. 나 이번 실습 기간만 끝나면 직업학교에 가기로 결심했어. 목공 일을 배울 거야."

나는 놀라서 벌떡 일어났다.

"뭐라고! 난 네가 재봉 일을 할 줄 알았는데."

카밀라는 눈을 부릅뜨더니 머리를 흔들었다. 나는 카밀라에게서 무척 자유분방하다는 느낌을 받았다.

내가 카밀라에게 연애하는 것 아니냐고 물었다.

"남자 친구가 없어도 기분 좋을 수 있어. 아니니?"

나는 카밀라를 좀 더 자세히 살펴보았다. 시샘 같은 게 느껴진다. 카밀라는 새로 파마를 해서 그런지 곱슬곱슬한 머리가 더 예뻐 보였다. 또 남쪽으로 여행을 다녀온 뒤라서 피부도 아직 갈색 그대로다.

"나, 크리스마스 이후로 살이 7킬로그램 이상 빠졌어. 참, 여름 방학 때 한 달 동안 국제 철도편으로 유럽을 돌아다닐 거야! 여행 가이드와 함께 말이야. 꼭 그렇게 할 거야."

카밀라가 말했다.

"넌 틀림없이 해낼 거야."

"너도 같이 가면 안 될까? 그러면 멋질 텐데."

"안 돼. 나는……. 잘 모르겠어."

"그렇지. 넌 토레와 사귀는 중이지. 그건 너에게 특별한 일일 테니까. 토레와 사귄 지도 꽤 되었네."

나는 몸을 신경질적으로 이리저리 뒤척였다.

그래. 누군가와 사귀고 있다는 것은 내게 특별한 일이야.

집에 돌아오자 토레에게서 전화가 왔다는 메모가 놓여 있다. 나는 망설이다가 쪽지를 손으로 구기고 급히 전화기 옆을 떠났다.

급할 것 없어. 토레에게는 내일 전화하면 돼.

나는 토레에게 전화를 걸었다.

수화기에서 토레의 목소리가 흘러나왔다.

"오늘 저녁에 작문 숙제를 해야 해. 여태 시작도 못했어. 하지만 내일은……."

"내일은 내가 안 돼."

이 말이 생각보다 빨리 튀어 나왔다.

"아, 그래. 왜 안 되는데?"

"그러니까……. 나 약속 있어."

"약속이라고?"

"응, 극장에 가기로 했어."

"그래. 누구랑?"

"우리 반 남자 애하고. 오빠가 모르는 애야!"

"그래, 좋아. 그럼 늦어도 금요일에는 만나겠네. 내가 알기로 그날 클럽에서 파티가 있거든."

나는 카밀라에게 전화를 걸었다.

"내일 극장에 같이 갈래?"

"글쎄. 아마 갈 수 있을 거야."

"좋아. 잘 됐어!"

나는 삐 소리가 나는 수화기를 손에 들고 서 있다.

내가 대체 무슨 짓을 하고 있는 거지?

나는 조용히 수화기를 내려놓고 두 팔로 몸을 꼭 감쌌다. 그리고 위험하고 불길한 느낌이 살갗을 뚫고 나오지 못하게 막으려고 애를 썼다. 나는 그 느낌이 저절로 없어질 때까지 그 자리에서 꼼짝하지 않았다.

오늘 저녁 엄마는 집을 비운다.

오늘 저녁 집에는 토레와 나뿐이다.

현관에서 벨이 울렸다.

벌써 왔나?

그런데 토레가 아니다. 밖에 서 있는 사람은 잉에르였다.

"안녕!"

"안녕. 너희 엄마가 집을 비운 걸 알았거든. 나 꽤 오랫동안 너희 집에 안 왔었잖아. 그래서 언제 너 혼자 있을 때 한 번 들러야겠다고 생각했어."

"토레가 올 거야."

잉에르와 나 사이에는 거의 아무 말도 오가지 않았다. 나는 많은 것을 말하고 있는 듯한 잉에르의 눈길을 피하지 않았다. 잉에르는 천천히 재킷의 지퍼를 다시 올렸다.

나는 가려는 잉에르를 붙잡았다.

"그렇다고 갈 필요는 없어. 토레는 모임에 갔다가 이따 올 거야. 학생 대표 회의가 있다고 했던 것 같아. 가서 차나 마시자. 토레가 오려면 아직 한참 멀었어."

나는 어두운 창에 커튼을 치고 커다란 찻잔 두 개를 가져와 식탁에 놓았다.

"예전과 똑같네."

잉에르가 말을 꺼냈다.

"네가 토레와 사귀기 전과도 말이야."

"그래. 그리고 네가 토미와 사귀기 전과도 똑같지."

"그건 벌써 오래전 일이야. 그 유치한 아이를 내가 왜 좋아했는지 모르겠어. 우리 반 남자 아이들은 전부 어린애들인데……."

"난 우리 반 남자 아이들이 그전보다는 멋있어진 것 같은데."

"그러니?"

잉에르가 그렇게 말하며 탄식하듯 한숨을 쉬었다.

물이 끓었다. 나는 열심히 차를 우려냈다.

우리는 차를 마시며 선생님들에 대해 이야기했다. 어느 선생님이 멍청하고 어느 선생님이 괜찮은지. 예전과 아주 똑같다. 잉에르와 나는 서로 알고 있는 아이들의 이름을 대고, 그 아이들의 말이나 행동에 대해서도 이러쿵저러쿵 이야기했다. 그리고 누가 누구랑 사귀고 있는지도 말했다. 이것도 예전과 똑같다.

이렇게 잡담하는 사이사이 침묵의 순간이 생겼다. 잉에르와 나는 애써 이야깃거리를 찾았다. 그러느라고 정작 상대방 이야기에는 주의를 기울이지 못했다. 마침내 우리 사이에 오가는 말들이 시들해졌다.

차가 식기도 전에 잉에르가 자리에서 일어났다.

"이제 가야 할 것 같아."

"그래. 잘 가."

나는 잉에르를 배웅했다. 텅 빈 복도에 남아 있자니 불쾌감이 밀려들었다.

잉에르가 또다시 날 밀어낸 것은 아닐까?

문득 이런 생각이 들었지만 나는 토레가 없다고 해도 잉에르와 결국 가까이 지내지 않았을 거라고 확신했다. 여름부터 그랬으니까.

다시 벨이 울린다.

나는 잠깐 문 뒤에서 기대감에 차 심호흡을 했다. 그리고 문을 열고 토레를 향해 한 걸음 내딛었다.

토레는 방금 전 참석했던 모임 때문에 잔뜩 신이 나 있다. 나는 토레가 하는 많은 말들을 거의 알아듣지 못했다. 사람들과 그 이름들이 머릿속에서 빙빙 돈다. 나는 멍청한 질문을 하고 이해하지도 못하면서 아무런 뜻 없이 '응' '아니'를 연신 되뇌었다. 나는 토레의 말을 계속 들으며 토레의 얼굴과 눈과 입만 바라보았다.

"배 안 고파?"

나는 오늘을 위해 세 종류의 맛있는 치즈와 크래커와 포도를 샀다.

"아니. 전혀. 피자를 먹었거든. 미친 듯이 먹어 치웠지."

"그래."

잉에르와 치즈를 먹을걸.

바보 같은 토레, 바보, 바보…….

"이리 와. 내 옆에 앉아."

토레가 소파에 앉아 나를 쳐다보며 말했다. 나는 머뭇거리며 토레 옆에 주저앉았다. 토레의 팔이 나를 감싸는 게 느껴졌다. 토레가 내 귀에 대고 속삭였다.

"오늘 저녁에 여기 있을 수 있어서 얼마나 좋아했는데……."

토레는 자기의 들뜬 기분에 나를 끌어들이려고 했지만 내 마음 한구석에는 화가 딱딱한 덩어리처럼 자리를 잡았다.

토레는 말을 계속했다. 나는 분위기를 맞추고 싶은 마음이 전혀 없었다. 불안한 마음으로 그렇게 있자니 얼굴이 화끈거렸다. 자리에서 일어나 움직이고 싶었다.

"대체 왜 그래? 정신이 딴 데 있는 것 같아."

"맞아. 여기 온 뒤로 내내 오빠만 말했잖아. 오빠 일에 대해서 말이야."

"내가 그랬니? 그럼……. 지금부터 네 문제에 대해 얘기해 봐. 넌 늘 말을 잘 안 하잖아."

내 문제에 대해 말하라고?

나는 어찌할 바를 몰라 토레를 쳐다보았다.

내 문제라니? 내 문제는 순전히 오빠 때문에 생기는 건데?

"범죄 수사 드라마가 곧 시작하겠다."

토레는 자리에서 일어나 텔레비전을 켰다.

토레와 나 사이에 침묵이 흘렀다. 그 침묵은 드라마가 끝나면 곧바로 토레와 내게 덤벼들 게 분명했다. 나는 옆방 침대와 새 이불보를 씌운 이불을 생각했다. 내 어깨에 두른 토레의 팔이 납처럼 무겁게 느껴졌다.

"내가 집에 갔으면 좋겠니? 오늘 밤에 여기 있지 말까? 그래야 할 것 같은 느낌이 드는데……."

토레의 질문이 예기치 않게 너무 빨리 나왔다.

"몰라……."

"그래, 네가 모른다면……. 그럼 가장 좋은 건……."

아냐, 아냐! 가면 안 돼.

"……지금 내가 가는 거겠지. 우리 내일 만나자."

"그래 가. 당장 가. 어서!"

"잠깐만. 도대체 왜 그러는데……. 네 기분이 그런데 내가 어떻게 그냥 가니?"

나는 토레를 복도로 끌어냈다. 그리고 토레의 가방을 집어서

발 앞에 내려놓았다. 토레는 어리둥절하고 당황한 표정으로 나를 바라보았다.

나는 속으로 '이제 가.' 하고 말했다.

내가 울기 전에 당장 가.

토레는 재킷과 장화와 벙어리장갑과 서랍장 뒤로 떨어진 목도리를 챙겼다. 드디어 토레는 갈 준비를 다 마쳤다. 토레가 잠깐 나를 껴안았다. 나는 중심을 잃고 토레에게 쓰러질 것 같았다. 얼굴을 토레의 따스한 목에 대고 포근함을 느끼고 싶었다. 그러나 그렇게 하지 않는다. 오히려 토레가 나가자 현관문을 조용히 닫았다.

구석에 있는 재킷과 윗옷과 엄마의 양피 코트가 걸린 옷걸이 아래 쪼그리고 앉아 있자니 계단에서 들리는 토레의 발소리가 내 머릿속에 울렸다. 나는 잠옷만 걸쳤다. 양말도 신지 않고 가운도 걸치지 않았다.

토레는 가겠다고 말했다.

그대로 가게 내버려 두어서는 안 되는데! 그래서는 안 되는데!

그러나 내가 숨 가쁘게 복도로 뛰어나왔을 때는 이미 토레는 문을 닫고 나간 뒤였다. 계단을 내려가는 토레의 발소리만 메아리가 되어 울렸다.

나는 구석의 옷걸이 아래 숨어 있다.

엄마도 나를 찾지 못할 거야. 다시 침대로 돌아가지 않을래. 토레가 돌아올 때까지 여기에 꼼짝 않고 앉아 있을 거야.

그러나 토레는 돌아오지 않는다.

이제 나도 그것을 알고 있다.

토레는 오지 않는다. 그런데도 나는 구석에 쪼그리고 앉아 기다린다.

하지만 토레와 나는 다음 날 저녁에 다시 만났다.

토레가 전화를 걸어 나를 극장에 초대했다. 극장은 손쉬운 해결책이다. 극장에는 어둠과 어른어른 얼비치는 화면과 서로를 찾는 손이 있으니까.

나는 토레의 제안에 좋다고 대답했다.

영화를 본 뒤 토레와 나는 클럽에 갔다. 그곳에는 춤과 제대로 된 음악 밴드가 있다. 클럽은 분위기가 한껏 고조되어 있었다. 격렬하게 타악기를 두드리는 소리가 술집 안을 흔들어 놓았다. 가수는 있는 힘껏 목청을 높여 노래를 불렀고, 노랗고 빨간 불빛들은 천장 아래에서 좇고 좇기듯 오고 갔다.

나는 그 분위기에 빠져 들어갔다.

무거웠던 마음이 전부 날아가 버렸다. 무슨 일이 생길 것만 같은 불안도 사라졌다. 얼음처럼 차갑고 무섭다는 느낌도 잊혀졌다. 여기는 그런 게 있을 곳이 못 된다. 이곳에서 통하는 것은 리듬과 시끄러움과 자유분방함뿐이다. 몸을 일부러 움직이려고 할 필요도 없다. 저절로 그렇게 되니까.

나는 땀에 흠뻑 젖어 완전히 녹초가 된 채 밤늦게야 집에 돌아왔다.

무엇 때문에 그렇게 괴로워했는지 더 이상 모르겠다.

다음 날 토레와 스키를 타고 눈이 녹아 질척질척한 활주로를 돌아다닐 때도 괴로워했던 이유를 알지 못했다.

몸이 꽁꽁 얼고 옷이 젖은 채로 엄마가 차려 놓은 음식을 먹으러 집에 갈 때만 해도 이유를 모르기는 마찬가지였다.

나는 토레가 샤워를 하는 동안, 휘파람을 불며 엄마가 식탁 차리는 일을 도왔다. 돼지갈비와 소금에 절인 양배추에 코를 박고 열심히 냄새를 맡아 보았다. 그러고는 토레가 옷을 갈아입고 있는 내 방으로 얼른 들어가 토레의 등을 오래 어루만지며 물기를 닦아 주었다. 엄마가 부를 때까지 계속 닦아 주었다.

엄마가 나를 바라보고 웃으며 부활절 방학 때 토레를 오두막에 초대하면 어떻겠느냐고 물을 때만 해도 내가 왜 고통스러웠는지 알지 못했다.

토레와 다시 오두막에 간다고?

엄마도 함께?

절대 안 돼.

토레도 이걸 알아야 하는데. 절대 '네'라고 대답하면 안 돼. 그러면 안 돼.

토레가 깜짝 놀라며 기뻐하는 게 보인다. 나는 토레를 막을 수 없다는 걸 안다.

토레는 결코 이해하지 못할 거야.

그리고 엄마는…….

나는 차마 엄마의 얼굴을 바라볼 수가 없다.

더 이상 엄마와 식탁에 함께 앉아 있을 수가 없다.

그러나 나는 일어나지 못하고 양손으로 식탁 모서리를 꽉 잡았다. 억지로 참으며 앉아 있으려고 했다. 아무 일도 없는 것처럼 보이려고 무진장 애를 썼다.

토레가 엄마의 차를 운전하는 동안 나는 마지못해 조용히 뒷좌석에 앉아 있다. 엄마와 토레의 목을 뚫어지게 바라보며 두 사람이 주고받는 이야기를 절반도 이해하지 못하면서 전혀 상관없는 것처럼 군다.

뒷자석에 있으려니 멀미가 난다고 불평하면 어떨까?

억지로 차를 멈추게 하고 앞에 가서 앉는다면.

엄마랑?

아니 토레랑 함께 앉을 거야.

그럼 엄마가 뒷좌석에 앉아야 하나?

안 돼. 나는 결코 그렇게 되길 원하지 않아.

나는 침실에서 엄마 이불을 덮고 누워 있다. 벽 뒤에서 토레가 하는 말을 듣는다. 혼자 커다란 침대에 누워. 몸을 돌돌 만 채 누워서 어찌할지 모르고…….

절대 안 돼. 결코.

계속 그대로 앉아 엄마와 토레의 수다를 들어 줄 수가 없다. 그래서 드러눕는다. 반발심 때문이다.

그렇지. 두 사람의 수다는 저기 벽난로 앞에서도 계속될 거야!

따뜻한 이불이 감옥으로 변한다. 나는 그 속에 있을 수도 그곳을 떠날 수도 없다.

부활절 방학까지는 아직 한 주가 남았다.

나는 결심했다.

나는 턱을 괴고 침대에 엎드려 있다. 뒤뜰에 쌓인 눈이 녹았다. 쓰레기통 옆에만 아직 거무칙칙한 눈덩이가 남아 있다. 어린아이 두 명이 자작나무 아래에 앉아 있다. 아이들의 손에는 뭔가 작은 것이 들려 있다.

놀이용 구슬일까? 아니면 장난감 자동차일까?

나는 그 아이들이 누군지 모른다.

나는 요즘 아이들은 예전과는 아주 다르다는 것을 서서히 깨닫는다. 내가 뒤뜰에서 뛰어놀지 않은 지 벌써 여러 해가 된다. 뒤뜰에는 거무칙칙한 아스팔트 바닥과 썩은 갈색 잎들만 보인다. 나는 나무줄기가 어떤 색깔인지도 잊었다. 껍질 속에 숨겨져 있는 기이한 문양들도 전부 까먹었다. 진흙 웅덩이와 분필 냄새, 줄넘기와 세 발 자전거에서 나는 소리도 잊었다.

내 눈길은 이제 지붕들 위를 돌아다닌다. 지평선 너머로 방황하다 사라진다.

나는 결심했다.

나는 내 결심이 수많은 도미노 블록들 중 하나일 뿐이라는 것을 알고 있다. 벌써 첫 번째 블록이 넘어져 다음 블록을 함께 쓰러뜨렸고, 그 다음 블록과 또 그 다음 블록을…… 쓰러뜨렸음을 갑자기 깨닫는다.

나는 도미노 블록들이 연쇄적으로 쓰러지는 것을 끝까지 보지 못했다. 그래서 마지막 도미노 블록의 의미가 무엇인지 알지 못한다.

그러나 나는 결심했다.

"바보 같은 짓 좀 이제 그만 해. 어린애처럼 굴지 말고 기분 좋게 떠나자. 네가 빠지면 우리 세 사람의 휴가를 망치는 거야."

엄마가 말했다.

"난 안 갈래. 내게 강요하지 마."

엄마는 읽던 책을 큰 소리를 내며 덮었다. 그러고는 안경을 벗어 탁자에 올려놓으며 꼼짝 않고 나를 뚫어지게 바라보았다.

"난 안 가기로 결심했어."

"하지만 그럴 수는 없어……."

"난 가지 않을 거야."

엄마는 손을 무릎에 대고 깍지를 꼈다. 엄마의 얼굴 표정은 거의 애걸하는 것처럼 보였다.

"내가 토레를 초대한 게 잘못되었니?"

"응."

"왜? 어째서?"

나는 대답을 하지 못했다. 대답하는 게 엄마를 위하는 건 아니니까.

"대체 왜 그래? 어째서 가지 않겠다는 거야?"

토레가 따지듯이 물었다.

"그냥 그곳에서는 오빠와…… 그리고 엄마와 함께 있지 못하겠어. 오빠도 이해해 줬으면 좋겠어."

"아니. 이해 못 하겠어. 내 생각에 너희 엄마는 지극히 정상이야."

“그럼 우리 엄마하고 둘이 가면 되잖아!”

“맙소사. 너 지금 질투하니?”

토레가 날 비웃는다.

질투하냐고?

아냐. 그게 아냐. 그것보다 훨씬 더 복잡한 일이야.

토레가 손을 뻗어 나를 잡고 내 머리카락을 쓰다듬었다. 그러고는 다정하면서도 약간 난처한 표정으로 내 머리를 만졌다.

“그런 말도 안 되는 생각은 하지 마. 유치하게 굴지 마. 우리 기분 좋게 떠나자. 이제 와서 너만 빠질 수는 없어.”

엄마가 했던 말과 똑같다. 어조도 똑같다.

나는 토레의 방에서 아주 멀리 달아나고 싶다. 카밀라에게 가고 싶다. 반 아이들이 모여 있는 학교 운동장에도 가고 싶고, 쉬는 시간에 록 음악을 들으며 신나게 놀 수 있는 곳으로 가고 싶다. 내 침대의 어둠 속으로 들어가고 싶다.

토레마저 내 마음을 이해하지 못하니까.

나는 더는 말할 기운도 없다.

나는 할머니에게 갔다.

아무도 나를 기차역까지 데려다주지 않았다.

기차는 눈이 없는 도시를 떠나 시간이 거꾸로 흐르게 내버려 둔 채 눈보라가 잿빛 가문비나무를 놓아주지 않는 풍경 속으로 들어간다.

"너 때문에 지금 엄마가 무척 곤란해졌겠구나."

할머니가 말했다.

"네."

"왜 그랬니?"

안 돼. 할머니까지 그렇게 물으면 안 돼. 똑같은 질문이잖아. 할머니는 날 이해해 줘야 해.

하지만 할머니는 나를 바라보며 대답을 기다렸다. 이번에는 할머니도 말로 설명할 수 없다는 걸 이해하지 못했다.

할머니 집에 있는 파란 방조차 차갑고 위로가 되지 않는 것 같았다. 이불이 베개 위에 팽팽하게 놓여 있다.

"시간이 어찌나 빨리 가던지. 이번에는 이 방도 제대로 따뜻하게 하지 못했어."

할머니가 말했다.

할머니는 나를 혼자 내버려 두었다. 나는 부활절 때 할머니에게 다른 계획이 있나 보다고 생각했다.

내가 뜻밖에 나타난 게 할머니 마음에 들지 않는 걸까?

"물론 너야 언제나 환영이지."

할머니는 약간 뜸을 들이고 말을 이었다.

"그런데 이번 주에는 나흘이나 근무해야 해. 그리고 부활절 전날에는 이웃집 사람을 식사에 초대했어. 반 년 전에 혼자 된 사람인데 이번 겨울에 스키 여행을 몇 번 함께 다녀왔거든."

할머니에게도 나름의 삶이 있구나.

나는 그런 생각은 거의 하지 못했다. 내가 살아온 현실에서는 생각할 수 없는 것이니까. 할머니는 항상 날 위해 존재하는 사람이었다. 나는 그것 말고는 할머니가 뭘 하는지 거의 생각해 본 적이 없다.

"할머니 건강하시네요."

나는 당황한 표정으로 이렇게 말했다.

"나보다 힘도 세고요."

이 말에 할머니가 웃으며 대답했다.

"네가 여기 있는 동안 널 좀 체력 단련시키려고 아주 재미있는 계획을 세워 놓았는데."

그러나 나는 체력 단련을 할 만한 기력이 없다. 할머니는 내 상태를 눈치 챘는지 나를 쉬게 내버려 두었다. 나는 빛이 환한 오전 내내 창틀에 팔꿈치를 괴고 파란 방에 앉아 있다. 내 뒤쪽에 있는 집은 텅 비어 조용하다. 할머니는 출근을 했다. 집에는 완전히 나 혼자였다.

나는 내가 여기에 왜 왔는지 이유를 알아내려고 애를 썼다. 그러나 이 집과 마찬가지로 내 속도 텅 비어 조용하다.

엄마는 지금 어디 있을까? 산에 갔을까? 아니면 집에?

엄마가 집에 있다면 어쩌지? 그것도 순전히 나 때문에…….

그리고 토레는?

나는 하얀 노트와 볼펜을 찾았다.

토레에게 편지를 써야겠어. 토레에게 다 털어놓을래. 그런데 뭐라고 쓴담……?

나는 토레에게 할 말이 없다.

그런데 볼펜이 저절로 종이 위에서 움직인다. 제 멋대로 구불구불한 선이 종이에 그려진다.

턱, 두 개의 눈, 이마 위에 헝클어져 있는 머리카락, 입을 크게 벌리고 웃는 미소.

내 뒤에서 가벼운 발소리가 들리는 것 같다.

나는 눈을 감고 있다. 겁도 나지 않았다. 누구의 발소리인지 아니까.

그는 내 어깨 너머를 바라보고 싶어 할 거야. 이런 일은 처음이 아니잖아.

이게 나라고?

그의 목소리는 부드럽고 웃음이 넘쳤지만 놀리는 듯했다.

전혀 나와 비슷해 보이지 않는데.

나는 눈을 뜨고 종이를 바라본다.

그의 말이 맞다. 비슷하지 않다. 전혀.

그림은 토레와 닮았다.

내 귀에 울리는 목소리도 그렇다.

그리고 발걸음도! 토레가 양말을 신은 채 살금살금 다가와 손을 내 눈에 대는 것 같다. 그리고 나를 놀리는 웃음소리가…….

나는 종이를 찢는다.

토레 오빠, 보고 싶어!

나는 그림 아래에 아무렇게나 끼적거리고는 종이를 접어 봉투에 집어넣었다. 재빨리 반바지를 입고 신발을 신고 하얗게 반짝이는 밖으로 나가 재킷의 주머니에 편지를 넣은 다음 스키를 타고 우체국을 향해 내려갔다. 그러고는 생각이 바뀌기 전에 편지를 우체통에 넣었다.

나는 가까운 스키 활주로로 이어지는 비탈을 힘겹게 올라가 해가 있는 남쪽을 향해 달렸다.

"지셀이 누구예요?"

"지셀?"

내 목소리가 탁자 위의 허공에 매달린 듯 떨렸다. 내가 이 질문을 하게 될 줄 몰랐다. 하지만 예기치 않게 말이 나오고 말았다. 그 말이 아주 오래전부터 터지기를 기다린 것 같았다.

"네, 지셀이요……. 아빠와 아는 사람 같아요. 그 긴 금발 머리 소녀 말이에요. 그 소녀의 사진을 찾아냈거든요."

할머니가 내 시선을 피했다. 할머니의 이런 모습은 낯설다. 나는 깜짝 놀라 앉은 자세를 바꿨다.

"엄마가 아무 얘기 안 하던?"

"무슨 얘기요?"

할머니가 자리에서 일어나 구석 서랍장 앞에서 무릎을 꿇고 맨 아래쪽 서랍을 열었다. 할머니는 손으로 종이와 편지를 뒤적이

더니 노란색 봉투 하나를 꺼내 내게 건네주었다.

"이제 정말 때가 된 모양이구나……. 네 엄마가 정말 말하지 않았다면 말이다."

신문 조각 몇 개가 봉투 안에 들어 있다. 하나는 그냥 메모에 가까웠다.

추월하다 두 명 사망.

다른 것도 제목은 대충 비슷한데 자동차 잔해에 대한 묘사가 있었다. 나는 그 기사를 읽었다.

……오늘 밤 남자 한 명과 여자 한 명이 탄 자동차가 추월을 시도하다 탑승자 모두 목숨을 잃는 사고가 발생했다. 사고가 난 시각 차도는 폭우로 인해 매우 미끄러웠다.

그 다음에 아빠 이름이 나왔다.

……스물여덟 살. 유족으로는 부인과 아이 한 명이 있다. 지셀. 스물여덟 살. 미혼. 병원으로 실려 가던 중 구급차에서 사망.

나는 할머니의 얼굴을 바라보았다.

할머니는 고개를 끄덕였다.

"두 사람은 함께 떠나려고 했어. 네 아빠는 몇 주 전부터 그 여자 집에서 지냈단다. 하지만 두 사람이 서로 알고 지낸 지는 훨씬 오래전 일이야. 그 여자가 저 아래쪽에 살았거든. 네 아빠와 그 여자는 여행을 떠난 첫날 죽었어."

나는 다음 날 집으로 돌아갔다.

성금요일(부활절 직전의 금요일로서 그리스도가 십자가에서 당한 고난과 죽음을 기념하는 날-옮긴이)이었다. 하늘은 넓고 파랬고, 땅은 눈이 녹는 냄새가 났다. 기차 안은 사람이 거의 없었지만 따뜻했다.

나는 그늘진 쪽 구석에 웅크리고 앉아 있었다.

그럴 거라는 건 진작 알고 있었다. 어떤 식으로든 말이다. 그 당시에도 말이다.

그러나 알고 있던 것을 확인하는 것은 충격이다.

유족으로는 부인과 아이 한 명이 있다.

엄마.

나.

아빠는 아내와 자식을 버렸다.

아빠가 죽었을 때 엄마는 울지 않았다. 나는 엄마의 굳은 표정을 보았다. 엄마에게 아빠는 오래전에 죽은 사람임에 틀림없었다. 내가 학교에 입학했을 때 엄마의 얼굴 표정은 그렇게 보였다. 그리고 아빠는 그 무렵부터 아예 집에 들어오지 않았다.

아빠는 왜 하필 내가 학교에서 글자를 배우기 시작했을 때 죽어야 했을까?

나는 글씨를 예쁘게 쓴 공책을 아빠에게 한번도 보여 주지 못했다.

나는 집안 구석구석 엄마를 따라다녔다. 이 방에서 저 방으로.

죽는다는 것은 아제의 모르모트(고슴도치과 포유류-옮긴이)처럼 몸이 뻣뻣해지는 것이다.

아빠가 뻣뻣해졌어? 아제의 모르모트처럼 뻣뻣해졌어? 아빠가? 아빠는 다시 오지 않아?

응, 안 와. 절대.

하지만 아빠는 새 자전거로 자전거 타는 법을 가르쳐 주겠다고 약속했는데.

이제 조용히 해.

할머니가 왔다.

벽을 통해 들리는 할머니의 목소리는 조용하게 부탁하는 듯 하면서도 어찌할 바 모르는 것 같았다. 할머니가 울먹거렸다…….

그렇게 생각하면 안 된다.

절 그냥 내버려 두세요!

할머니가 나를 품에 안았다.

불쌍한 내 새끼. 너희 둘 다 어떻게 살아갈꼬!

할머니의 눈에 눈물이 가득 차는 게 보였다. 나는 불안해서 할머니의 무릎 아래로 미끄러졌다. 그러고는 엄마에게 달려갔다. 그러나 엄마의 방문은 잠겨 있었다. 나는 방문을 세게 두드리며 소리를 질렀다. 할머니가 나를 데려갔다. 나는 버티고 발버둥 치고 버둥거리며 소리를 지르고 또 질렀다. 결국 엄마가 나타났다.

그러나 내 눈은 엄마처럼 젖어 있지 않았다. 우는 일도 쉽지 않았다. 그것을 나는 오래전부터 알고 있었다.

나중에 나는 엄마에게 할머니의 안부를 물었다.

할머니가 왔으면 좋겠어.

할머니는 이제 오시지 않아.

하지만 할머니가 있으면 좋겠어!

지금은 안 된다고 했잖아!

할머니가……, 할머니도 죽었어?

아냐. 그건 아냐. 가을 방학 때 할머니에게 갈 수 있을 거야. 그 때 가서 보자.

침묵이 긴 만큼 거짓도 많았다. 여러 해 동안 말이다.

집에 와서 보니 엄마는 거실에 있었다. 해가 밝은 커튼을 통해 비스듬히 비치자 벨벳 소파의 해진 부분과 낡은 소나무 탁자의 긁힌 자국이 고스란히 드러났다. 엄마는 찻잔과 책을 들고 팔걸이의자에 앉아 있었다.

나는 집 안이 하나도 달라진 데 없다는 것을 알고 있다. 거실도 늘 똑같았다. 그리고 엄마도 늘 저런 모습으로 앉아 있었다. 매년 똑같았다.

"안녕……."

"벌써 왔니?"

엄마가 놀란 눈으로 날 바라보며 말했다.

나는 황급히 배낭을 벗었다. 거실을 보는 순간 내 마음에 변화가 일었다. 그러나 그 감정은 슬픔이라기보다는 절망에 가까웠다.

엄마의 물음에 내가 대답했다.

"응. 왔어. 그런데 엄마는? 왜 여기에 있어?"

"딴 사람도 아닌 네가 그런 질문을 하다니!"

"그래도 물어봐야겠어."

나는 엄마와의 대화를 미루기로 마음먹었다. 엄마가 전혀 예상하지 못할 때 엄마를 당황하게 만들고 싶었다. 나는 비밀 서랍에서 가져온 사진을 주머니 속에 넣고 손가락으로 연신 만지작거렸다. 사진이 나가고 싶어 들썩거렸다. 내 감정도 그와 비슷한 상태였다.

"엄마 왜 산에 안 갔어? 내가 같이 안 간다고 어떻게 안 갈 수 있어? 엄마는 왜 맨날 나한테 모든 걸 맞추고 살아? 난 더 이상 갓난아이가 아냐. 엄마 인생을 나한테 맞출 필요는 없어."

엄마는 몹시 놀라는 표정을 지었다.

"내가 정말 그러니? 하지만 나는 너처럼 상관 안 할 수는 없어. 게다가 우리 둘만 있는 한은 더 그래……."

"바로 그거야! 엄마는 왜 아무도 없어? 왜 나뿐이야? 친구들을 부를 수도 있었잖아. 아니면 남자를……."

"어떤 남자 말이니? 난 남자 없어. 그러니 그딴 말로 날 공격하는 짓은 그만두는 게 좋을 거야."

엄마의 차분한 음성이 내 마음을 다시 싸늘하게 만든다.

"엄마에겐 왜 남자가 없는데?"

나는 조심스럽게 되물었다.

"나 때문이야?"

"너 때문이라니? 아냐. 그게 신경 쓰였니? 어쨌든 그 당시는 아니었어. 그리고 나중에는……. 지금은 잘 모르겠어. 새로운 사람을 만나 좋아한다는 게 그렇게 간단한 일은 아니잖아."

엄마가 방 안을 둘러본다. 나는 엄마의 시선을 따라간다. 그러나 커튼 뒤에서도 소파 밑에서도 남자는 나타나지 않았다.

"배고프겠구나."

"아니, 전혀 안 고파."

내가 대답했다.

엄마도 이번만큼은 내 질문에서 벗어날 수 없다.

나는 사진을 엄마 앞쪽 탁자에 올려놓았다.

"왜 나한테 아빠와 이 여자에 대해 말하지 않았어?"

엄마는 의심스런 눈초리로 사진을 바라보았다. 엄마의 얼굴이 서서히 빨개지더니 안경 뒤에 있는 눈꺼풀이 점점 더 빨리 움직였다. 엄마가 머리를 숙였다. 눈부신 불빛 속에서 갈색 머리카락 속에 있는 흰 머리카락이 하나씩 또렷이 보였다.

"할머니가 주셨니?"

"아니. 내가 찾았어. 할머니는 묻는 말에 대답만 하셨어."

엄마가 사진을 탁자에서 집어 들었다. 사진을 꼼꼼히 들여다보더니 손바닥에 놓인 사진을 천천히 구겼다.

"어떤 대답을 듣고 싶니? 해 줄 말이 전혀 없는데. 네가 자꾸 들출 필요가 없는 일이야."

"내가 들출 필요가 없는 일이라고……."

"그래!"

"하지만……."

"그만. 그 일에 대해선 말하고 싶지 않아."

"하지만 아빠가 우리를 버리고 떠났잖아. 다른 여자와 함께 있으려고. 지금까지 엄마는 내게 사실을 말하지 않았어. 엄마 아빠 둘 다 엉터리야……."

"아냐……, 아냐. 그렇지 않아. 아빠는 돌아왔을 거야. 틀림없이 우리에게 돌아왔을 거야……. 제발 날 괴롭히는 짓은 그만 해.

네가 상관할 일이 아냐. 그리고 그런 식으로 말하지 마. 이런 행동은 용납 못 해!"

엄마는 사진을 내팽개치고 나가 버렸다. 나는 꼼짝 않고 그대로 앉아 있었다.

이제 엄마가 피할 차례다.

그러나 엄마는 내게서 달아나지 못할 거야!

나는 구겨진 작은 사진을 집어 들어 탁자에 놓고 주먹 쥔 손으로 매끄럽게 폈다.

엄마는 내게서 벗어나지 못할 거야!

나는 접착테이프를 가져와 지셀의 사진을 현관에 있는 커다란 거울 한가운데 붙였다. 그러고는 방으로 가서 사진 두 장을 벽에서 뜯어냈다. 예쁜 액자에 들어 있는 사진은 서랍 속에 넣고 다른 사진 하나는 쓰레기통에 던졌다.

꺼져!

둘 다 꺼져!

나는 아직 풀지 않은 배낭을 그대로 내버려 두고 윗옷만 걸친 채 현관문을 시끄럽게 쾅 닫고 나왔다.

이제 토레에게 가자.

벨을 누르자 토레의 엄마가 문을 열어 주었다.

"토레? 코펜하겐에 있는데 부활절 다음 날에야 돌아올 거야."

토레가 코펜하겐에 있다고?

나는 토레네 집 문 앞에 서 있었다. 마음이 아주 차분해졌다. 이제는 어디로 가든 상관없다. 무슨 일이 벌어지든 상관없다.

그러나 날은 너무 추웠고, 사방이 어두워지고 있었다. 나는 장갑 끼는 걸 잊어버렸다. 재킷 속에 털 스웨터도 입지 않았다.

너무 추워서 몸이 꽁꽁 얼어붙는 것만 같았다.

그러나 나는 집으로 돌아가지 않았다. 그렇게 할 수 없다. 아직은 그럴 수가 없다.

문을 열었을 때 집 안은 아주 조용하고 컴컴했다.

엄마는 집에 있었다. 나는 알아차리긴 어렵지만 많은 것들에서 그걸 알 수 있었다. 나는 조용히 살금살금 걸어 엄마 방을 지나갔다. 그러고는 옷도 제대로 벗지 않고 침대 속으로 들어갔다. 몸을 이불로 털 뭉치처럼 둘둘 말았다.

몸이 서서히 따뜻해지고 무척 가벼워진다. 나는 금세 무중력 상태처럼 몸무게를 느끼지 못한다. 나는 완전히 사라지고 만다.

그러나 잠은 오지 않는다.

엄마가 잘 자라는 말을 하지 않았기 때문이다. 나는 할머니만으로는 부족하다.

지금은 할머니가 가 버렸으니 엄마가 올 수 있을 거야.

나는 누워서 집 안에서 나는 소리에 귀를 기울인다. 엄마가 부엌과 욕실과 침실을 드나드는 소리가 들린다.

그러고는 집이 아주 조용해진다.

엄마, 나한테 오는 거 잊었어!

여긴 너무 끔찍하게 어두워…….

너무 끔찍하게 조용해!

그때 내 귀에 위험을 알리는 소리가 다시 들린다.

그러나 아빠는 이제 떠나고 없다. 밤에도 더 이상 벽 뒤에서 시끄러운 소리가 들리지 않는다. 우는 사람은 아무도 없다. 우는 사람은 할머니뿐이다. 엄마는 울지 않는다. 엄마는 더 이상 울지 않는다.

나는 그 소리를 듣지 않기 위해 머리에 이불을 뒤집어쓴다.

나는 땀에 흠뻑 젖은 채 잠에서 깨어났다.

내가 왜 옷을 입고 있지? 바보같이…….

일어나서 옷을 벗고 욕실로 가야겠어.

그러나 나는 발을 멈추고 엄마 방 쪽으로 귀를 기울인다.

아니다.

아무런 소리도 들리지 않는다. 전혀.

그런데도 나는 무슨 일이 있다는 걸 안다.

엄마는 잠옷 차림으로 부엌에 앉아 있었다. 안경도 쓰지 않고 머리도 풀어 헤쳐 내려뜨렸다. 식탁에는 반쯤 채운 포도주 잔이 놓여 있다. 엄마는 보통 때와는 다르게 눈을 크게 뜨고 나를 바라보았다.

"잠이 안 오니?"

"아니, 나는 그냥……."

"앉지 않아도 돼. 포도주 한 모금 할래?"

"아니, 됐어."

나는 머뭇거리며 식탁 옆에 섰다.

"아까 네가 화낸 거 충분히 이해해. 앉지 않아도 돼……. 네 말이 맞아. 진작 너와 이야기를 했어야 했는데."

나는 다시 침대로 돌아가려고 했다. 그런데 엄마의 눈빛이 날 의자에 주저앉혔다.

“네가 말한 건 모두 사실이야. 그는 그냥 가 버렸어. 그…… 인간, 그…… 인간이.”

“아냐. 아빠에 대해 그렇게 나쁘게 말하지 마!”

“그는 나빴어.”

“아냐!”

엄마가 당황한 눈길로 나를 바라보며 포도주 잔을 돌리고 또 돌린다.

“너도 알잖아. 내가 어떻게 너에게 그 이야기를 할 수 있었겠니……. 네가 아빠를 얼마나 끔찍하게 좋아하는지 알고 있는데.”

“그럼…… 아빠는 안 그랬을까? 나는 종종 아빠 꿈을 꿔…….”

“너도 그러니?”

엄마가 살짝 웃는다. 그러나 눈에는 눈물이 그렁거린다.

“만약 네가 없었다면 그 사람은 더 일찍 떠났을 거야. 그것을 깨닫는 데 시간이 필요했어. 그리고 그 사람이 떠난 건 나였어. 네가 아니고.”

엄마가 포도주를 더 따랐다.

"물론 나 역시 그 사람에게 끔찍할 정도로 많이 매어 있었어. 내게는 없는 힘과 삶의 기쁨을 발산하는 사람이었거든. 그 덕분에 내가 강해졌고 동시에 그만큼 약해지기도 했지! 나 혼자서는 어떻게 해도 기력을 찾을 수 없었어. 나는 견딜 수 없었어. 내가 그 사람을 밀어냈어. 그것도 너무 자주."

엄마가 황급히 눈을 문질렀다.

"완전히 미친 소리로 들릴 거야. 넌 절대 이해 못 할 거야."

그렇지 않아. 아주 잘 이해해. 어쩌면 엄마가 생각하는 것보다 더 잘 이해할지 몰라. 하지만 그걸 말로 표현할 수는 없어. 이 모든 얘기를 더 들어도 되는지 잘 모르겠어.

엄마는 말을 계속했다.

"이제는 아주 오래된 일이야……. 하지만 일이 벌어졌을 당시에는 내가 반쯤 돌았던 것 같아. 그때 내 마음속에는 크고 검은 진공이 생겨났어. 주위에서 벌어지는 모든 일이 더 이상 나와 아무 상관없는 것이 되었지. 나는 그 사람이 죽기만을 바랐어."

엄마의 눈은 이제 물기가 완전히 말라 있었다.

"그런데 그 사람이 진짜로 죽은 거야! 나는 그 진공 상태에서 벗어날 수가 없었어."

나는 엄마의 입을 바라보았다.

엄마는 말을 너무 많이 하고 있다.

가장 중요한 말은 이미 다 했는데.

피곤함이 내 몸에 내려앉았다. 나는 더 이상 엄마의 말을 제대로 따라가지 못했다. 생각들이 불안하게 흩날렸다.

이 부엌에서 벗어나자. 그 당시의 영상에서 벗어나자.

나는 토레의 집 아래 있었던…… 내 자신의 모습을 붙잡고 늘어졌다.

토레는 코펜하겐에 있다.

나는 토레를 멀리 떠나보냈다. 누구도 아닌 내가 말이다.

세상일은 모두 반복되기만 하는 걸까?

다음 날 잠에서 깨어나니 부드러운 회색빛이 방 안에 들이닥쳤다. 유리창 위로 가느다란 빗물이 실개천처럼 흘렀다. 창문을 열자 젖은 아스팔트의 냄새가 밀려 들어왔다. 오늘로써 겨울도 이 도시에서 완전히 끝이다.

나는 쓰레기통과 서랍장에서 사진들을 다시 꺼냈다. 망설이다가 사진 두 장을 그동안 걸어 놓았던 벽에 다시 붙였다.

아빠? 아빠를 버리려는 생각은 없었어요. 진심이에요.

그런데 아빠는 어떻게 우리를 버리고 갈 수 있었나요?

왜 아무 말도 하지 않았어요?

왜 나를 데리고 가지 않았나요?

아니에요. 아빠 사진을 뜯어내지 않을 거예요. 하지만 더 이상은 아빠에게 나를 비춰 보지도 않을 거예요.

아빠는 고집 센 가느다란 눈으로 나를 내려다보고 있었다.

나는 부활절 방학이 끝나고 토레를 만났다. 토레와 나는 에스프레소를 마시러 갔다.

"내 스케치 받았어?"

"물론. 잘 그렸던데. 정말이야."

나는 토레에게 하고 싶은 말이 너무 많았다. 하고 싶은 말들 때문에 목이 메었다. 나는 축축해진 손으로 의자 모서리를 꼭 잡았다. 그런데 토레가 나보다 먼저 말을 꺼냈다. 토레는 잔뜩 흥분하여 여행 이야기를 했다. 코펜하겐에서 보낸 하루하루와 돌아올 때 배에서 보낸 황당한 밤에 대해서 이야기했다. 토레는 처음에는 반 친구 한 명과 여행을 떠났고 그 다음에는 반핵 단체의 시리와 벤테와 함께 다녔다고 했다.

"벤테라고?"

"응, 벤테."

"그럼…… 지금 벤테와 사귀는 거야?"

"아니……."

토레는 콜라 잔을 손에 들고 마시지는 않았다. 양손으로 잔을 잡고 콜라를 흔들 뿐이었다. 토레의 입술이 움직였다. 뭔가 할 말이 있는 것 같다. 그러나 아무 말도 하지 않고 침묵만 계속 흘렀다.

갑자기 숨쉬기가 어렵고 머릿속이 어지럽다. 토레의 얼굴이 눈앞에서 흐릿해졌다. 토레의 눈을 마주볼 수가 없다.

내 눈이 토레와 마주친 것은 토레가 갑자기 내 얼굴을 보면서 지금 할 일이 많다고 말할 때였다. 졸업 시험 준비를 해야 한다나. 토레는 여러 과목 시험을 치러야 한다고 했다.

"이제는 서로 만날 시간이 그다지 많지 않을 거야."

토레의 말에 나는 알겠다며 고개를 끄덕였다.

토레가 할 게 많은 건 분명했다.

그건 나도 마찬가지다. 비록 종합학교 시험이긴 하지만.

"안 됐다. 학교를 마치려면 아직 삼 년이나 남았구나."

나는 다시 고개를 끄덕였다.

토레와 나 사이에 탁자만큼의 거리감이 느껴졌다. 차마 하지 못한 말들이 허물어지고 무의미해졌다.

"나 지금 가야 할 것 같아."

"그래."

"바래다주지 않아도 돼."

"네가 원한다면 그럴게. 그럼, 잘 가. 난 잠깐 학교에 들러야 하거든."

토레와 나는 카페를 나서서 길모퉁이에 선 채 서로 말없이 바라보았다.

나는 손을 토레의 재킷 소매에 갖다 댔다.

토레의 입술이 내 뺨에 닿았다.

그리고 가 버렸다.

시간이 너무 늦었다.

나는 천천히 집 쪽으로 걸어갔다.

지금은 아무도 날 보면 안 돼.

그런데 집에 엄마가 있었다. 엄마는 나를 가로막더니 꼭 껴안고는 놓아주려 하지 않았다. 내가 빠져나가려 해도 소용이 없었다.

소파에 덮힌 낡은 벨벳 천이 얼굴에 닿아 무척 부드러웠다.

엄마가 내 머리를 쓰다듬었다. 아주 조심조심 어루만졌다. 엄마는 나에게 아무것도 물어서는 안 된다는 걸 알고 있다. 그러면 내가 당장 사라져 버리라는 걸 알고 있으니까.

엄마는 아무것도 묻지 않았다.

낡은 벨벳 천이 눈물과 나쁜 말들을 전부 빨아들였다.

다음 날 나는 학교에 갈 기운조차 없었다. 오후에 카밀라가 집으로 찾아왔다. 나는 카밀라와 이야기하고 싶지 않았다. 마음이 평온하기만 바랄 뿐이었다. 엄마는 좋은 말로 카밀라를 돌려보내야 했다.

다음 날 카밀라가 다시 왔다. 이번에는 혼자가 아니었다.

페터, 토마스, 잉에르, 토미 등 반 아이들과 같이 왔다. 나는 나가지 않을 수 없었다.

"대충 걸치고 같이 나가자. 우선 에스프레소를 마시고, 그 다음에는 시내를 돌아다니자……. 그럴 기분이 나면 말이야."

하늘에는 여전히 해가 쨍쨍하다.

친구들이 나를 빙 둘러쌌다. 서로 밀치고 웃고 시끄럽게 떠들었다. 그 아이들은 내게 아무것도 요구하지 않았다. 그냥 같이 있다. 언제나 그랬다.

친구들을 떠난 것은 다름 아닌 바로 나였다.

나는 이제 친구들에게 돌아갈 수 있다. 내가 원한다면 말이다. 내가 할 수 있다면 말이다.

나는 몸이 가벼워지는 것 같다. 기쁘기까지 했다.

매점 아래에서 모르텐을 만났다. 모르텐은 어릿광대와 같은 표정으로 날 바라보았다. 담배가 모르텐의 입술에서 흔들렸다.

"이제 몸은 괜찮은 거니?"

"그런 것 같아."

나는 모르텐이 내뿜는 담배 연기 도넛 속에 집게손가락을 집어넣으며 진지하게 실을 꿰는 시늉을 했다.

지붕들 위로 부드러운 바람이 스친다. 동시에 약간의 온기와 진한 냄새가 함께 밀려온다.

모르텐의 담배 연기 도넛은 풀어지지 않았다. 모르텐의 웃음도 그대로 있다.

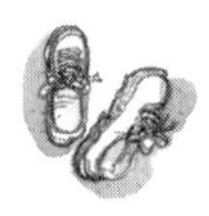

바람은 남쪽에서 피오르 해안 위쪽으로 불어와 모든 지붕 위를 부드럽게 스치고 아이들 머리 위쪽에 있는 나무 꼭대기에 내려앉았다. 크고 밝은 잎들이 조용히 바스락거리는 소리를 냈다. 탁자에 앉아 있는 사람들 얼굴 위로 그늘이 졌다가 사라진다.

공원 음식점은 만원이다.

아이들은 콜라와 포도 주스로 건배를 했다. 음식점 주인은 깐깐했지만 아이들은 개의치 않았다. 토미의 웃음소리는 언제나 그렇듯이 크다. 페터의 낮은 목소리는 사람의 마음속을 파고든다. 페터는 내게 뭔가를 이야기하려고 애를 썼다. 카밀라는 다른 쪽에 앉아 있다. 카밀라가 페터를 끌어당겼다. 잉에르는 나를 향해 잔을 들어 올리고는 얼음 조각들을 부딪쳤다.

학교 수업 마지막 날이다.

내일이면 모두들 뿔뿔이 흩어진다.

아, 우리는 다시 만날 거야! 자주 말이야. 우리는 서로 잊지 못할 거야.

그러나 이게 마지막이다.

나는 잉에르를 향해 잔을 들어 올리고 살짝 웃었다. 모르텐과 눈이 마주쳤다. 모르텐은 무척 진지한 표정으로 손가락을 양쪽 입가에 대고 입을 위로 옆으로 잡아당겨 늘렸다.

우리는 결코 여기를 떠나지 않을 거야.

나는 절대 이 아이들을 잃지 않을 거야.

토레가 한 무리의 수험생들과 함께 들어왔다. 그중에 내가 아는 사람은 하나도 없다. 아니, 벤테가 있다. 토레 바로 옆에 있는 벤테 말이다.

나는 그때까지 토레와 그 일행을 보지 못했다.

"봐봐, 누가 앉아 있는지……."

"누군데?"

나는 잉에르가 가리키는 쪽으로 무심히 머리를 돌렸다.

그 순간 토레가 나를 보았다. 피하기는 틀렸다. 토레가 어느덧 자리에서 일어난다. 나도 천천히 일어난다.

저쪽에 빈 탁자가 있다.

토레와 나는 말없이 그쪽에 앉았다.

토레가 학생 모자를 벗었다. 사인펜 낙서가 가득한 술 달린 모자가 토레와 나 사이에 놓여 있다. 토레는 살이 빠졌고 눈은 피로해 보였다. 그러나 쉬지 않고 모자를 만지작거리는 손은 예전과 같았다.

내 손을 그 위에 올려놓을 수 있다면…….

토레가 나를 바라보며 말했다.

"오랜만이네."

"응, 오랜만이야."

나는 살짝 웃었던 것 같다. 토레도 웃는 걸 보니 말이다.

"어떻게 지내? 시험은? …… 벤테하고는 어때?"

토레가 어깨를 움찔했다.

"성적이 별로 좋지 않을 것 같아서 걱정이야. 그리고 벤테하고 어떠냐고……. 잘 모르겠어. 지금으로서는 알 수 없어. 그런데 너는? 너는 어때? 너희 엄마는?"

"우리 엄마? 잘 지내. 사회복지부에서 새 일자리를 구했어. 무슨 연구 프로젝트래. 뭔지 궁금하진 않아. 하지만 엄마가 새 직장을 구한 건 확실해."

"그랬구나."

"그리고 이번 여름에는 오두막을 세놓았어. 나는 사 주 동안 카밀라와 함께 국제 철도편으로 여기저기 돌아다닐 거야. 사흘 뒤에 떠나. 남은 방학 기간에는 아르바이트를 할 거고. 가능한 한 열심히 할 거야."

"아직도 반항만 하면 엄마로부터 벗어날 수 있다고 생각하는 모양이구나."

토레의 말이 내 마음속을 파고든다.

나는 뚫어져라 토레를 바라본다.

엄마와 가까워지려면 내 스스로 서야 하고 어느 정도의 거리가 필요하다는 것을 토레는 알아야 한다.

나는 얼굴을 손에 묻는다.

토레가 손을 내 어깨에 대는 게 느껴진다. 얇은 스웨터를 통해 따스함이 전해진다.

말해 줘……. 그냥 떠나가 버린 아빠에게서 어떻게 벗어날 수 있는지. 결코 돌아올 수 없는 아빠에게서 어떻게 자유로워질 수 있는지 말이야.

"우리 엄마는 잘 있어. 엄마와 나, 우리 둘 다 잘 지내."

"그래?"

"응."

토레는 더 이상 할 말이 없을 거야.

토레와 내가 말을 주고받는 간격이 점점 길어진다.

그때 갑자기 토레가 탁자 위로 몸을 숙이고 손으로 머리를 받친 채 나를 뚫어지게 바라본다.

"말해 봐……. 왜 나와 함께 있으려고 하지 않았니? 왜 그렇게 이상하게 굴었지? 왜 매번 내게서 빠져나가려고 했던 거야?"

토레의 이런 물음은 너무 뜻밖이었다. 그리고 너무 빨랐다. 그 바람에 다른 말들은 사라져 버렸다. 정중하지만 고통스런 말들이 몽땅 씻겨 가 버렸다.

"내가 원한 건……."

내 목소리는 겨우 들릴락 말락 했다.

토레는 대답할 수 없는 것을 질문했다. 대답할 말이 별로 없는 질문들이다. 어떻게든 대답하고 나면 또 다른 대답이 새로 나오고 또 나오는 그런 질문이니까.

그래도 나는 예전보다는 많은 것을 알고 있다.

어찌할 바 몰라 하며 더 이상 얼버무릴 수는 없다. 말하지 않은 것, 비밀스러운 것, 쉽게 풀리지 않는 것 전부를 토레가 이해하기를 기다리는 것은 불가능하다. 토레에게 짐작하라고 강요할 수도 없다.

"정말 알고 싶다면……."

내 입에서 더듬거리며 첫마디가 나왔다. 토레는 내 말을 끊지 않고 귀 기울여 들었다.

나는 말하는 게 점차 쉬워졌다. 실제로 말로 할 수 있는 것은 무척 많다.

내가 말하는 내내 토레의 눈은 나를 보고 있다. 그 눈길이 나를 놓아주지 않았다.

언제부터인지 모르게 그늘이 길게 드리웠다. 다른 아이들은 오래전에 가 버렸다. 그러나 토레의 일행은 여전히 빈 잔을 앞에 두고 앉아 있다. 나는 할 말을 다했다. 아직 문제는 많이 남아 있다. 그러나 더 이상 상관없다. 언젠가 다시 풀 수 있을 테니까.

이제 가야 할 시간이다.

그러나 몸을 일으키기가 무척 힘들다.

"나는 가을에 직업 훈련을 시작할 거야. 그 다음에는 아마 군대에 갈 거고."

가을에 나는 상급학교에 진학할 것이다.

토레는 훨씬 폭넓은 생활을 하고 있다. 경계를 넘고 있다. 내 세계와는 멀고 먼 세상 속으로 더 깊이 들어가고 있다.

나는 조금도 그곳에 들어가고 싶지 않다! 아직은 아니다.

토레와 나는 의자를 소리 내어 뒤로 밀어냈다.

"나한테 카드 보낼래?"

"차라리 편지를 쓸게."

이제 나는 더 이상 말을 할 수가 없다. 그 대신 양손으로 토레의 얼굴을 감쌌다. 수염 자국이 내 손을 간질인다.

집 안이 조용하다. 집에 아무도 없다. 나는 부엌에 가서 창문을 열었다. 냉장고를 여는 순간 현관문이 열렸다. 엄마가 파마를 짧게 한 채 서 있었다.

"멋진데 엄마!"

"그러니? 오늘 아주 특별한 그리스 여행을 예약했어. 사무실 여자 동료와 같이 갈 거야."

"와, 좋겠다! 그럼 드디어 맡은 일이 끝난 거야?"

"나중에 말해 줄게. 싱싱한 감자를 샀는데 봐 봐. 엄청 비쌌어. 하지만……."

엄마가 갈색 봉지를 내게 건넸다.

"오늘 누굴 만났는지 알아? 토레야."

"아, 그래? 어땠어? 얘기 좀 해 봐."

"나중에."

엄마가 나를 바라보고 웃으며 부엌에서 나갔다.

바람이 커튼을 잡아챈다. 햇빛이 거실에서 춤을 춘다. 갈매기 한 마리가 노를 젓듯 하늘을 조용히 날아간다. 내 방에는 미처 꾸리다 만 배낭이 있다.

나는 물을 그릇에 붓고 감자를 넣는다. 그러고는 휘파람을 불며 감자 껍질을 벗기기 시작한다.

우리의 성장 이야기, 사춘기 – 밀착과 분리 사이에서

이 책의 주인공 일인칭 화자인 '나'는 젊은 엄마와 살고 있는 열여섯 소녀이다. 일곱 살 때부터 엄마와 단둘이 살아온 나는 엄마와 대단히 친밀하고 밀착된 관계를 형성한다. 또한 감자를 삶는 일부터 식사 준비에 이르기까지 엄마가 힘에 벅차 하는 부분을 메워 주며 일상을 엄마와 함께 채워 간다. 나와 엄마는 자매처럼 가깝다.

"엄마와 나는 똑같다. 키도 같고 어깨와 엉덩이도 똑같이 말랐다. 내 이목구비도 엄마를 닮았다. 얇은 입술과 작고 오뚝한 코가 영락없이 엄마와 똑같다."

그런데 어느 날 부터인가 엄마와 자매처럼 지내던 일상이 흐트러지고 관계가 어긋나기 시작한다. 물론 그사이에 남자 친구가 생기고 그로 인한 비밀이 생기기도 했다. 남자 친구로 대표되는 나만의 독자적인 세계가 펼쳐지자 엄마로부터 분리되고 거리감을 갖기를 원하는 것은 어쩌면 우리가 알고 있는 사춘기의 전형적인 모습일 것이다. 나는 엄마와 계속 밀착된 관계를 유지하고 싶은 반면 동시에 지나치게 밀착된 관계에 부담을 느낀다. 그리고 서서히 반항심을 드러내며 착하고 모범적인 딸의 이미지를 벗어던진다. 클럽에 춤을 추러 다니느라 학교 숙제를 제대로 하지 못할 뿐만 아니라 엄마와 대화할 수 있는 시간도 거의 갖지 못한다.

게다가 이번에는 진짜 남자 친구도 생긴다. 남자 친구인 토레와의 관계는 이제까지 그 어떤 관계와도 다른 새로운 세계이다. 정말로 사랑에 빠진 것이다. 그러나 토레와의 관계가 더욱 친밀해질수록 엄마와의 사이에는 비밀이 쌓여 간다.

그리고 우연히 할머니 집에서 그동안 몰랐던 아빠에 대한 진실을 알게 된다. 아빠를 끔찍이 좋아했던 나는 이 사실에 심한 충격을 받고 분노를 느낀다. 그러나 그 진실이 어쩌면 오랫동안 예감하고 있던 것을 확인하는 것일 수 있음을 깨닫는 동시에 엄마를 이해하고 엄마와 화해하게 된다. 사춘기의 성장통을 겪은 나는 엄마를 위해 감자를 깎는 일상으로 다시 돌아온다. 그것은 엄마와의 연대를 확인하는 것이면서 이제는 아빠와 토레와의 관계를 새로 정립할 수 있음을 의미한다.

사춘기를 흔히 심리적 격동기를 뜻하는 질풍노도의 시기, 또는 부모로부터 독립하려는 욕구가 강한 심리적 이유기라고 한다. 사춘기의 혼란을 그대로 보여 주는 이 책의 주인공 '나'처럼 이 시기에는 밀착에 대한 욕망과 분리에 대한 욕구가 충돌하며 관계가 어그러지고 일상이 낯설어진다. 특히 성에 대한 혼란과 욕구는 주위 사람들과의 관계를 흔들어 놓는다. 격렬한 시기가 지나면 다시 일상으로 돌아오지만 그전과는 다른 일상이 된다. 한바탕 혼란을 치른 아이가 성숙의 한 단계를 거쳐 다다른 일상이기 때문이다.

이 소설의 주인공인 '나'는 이름이 없다. 우리 모두 해당될 수 있기 때문에 특정한 이름을 부여하지 않은 것 같다. 사춘기의 소년 소녀만이 아니라 사춘기를 겪었고 또 겪고 있는 우리 모두가 '나'일 수 있다.

엄마는 사랑에 빠진 딸에게 이렇게 말한다.

"넌 별의별 기분을 한꺼번에 다 느낄 거야. 하늘을 날 것처럼 기쁘다가 죽을 만큼 몹시 슬프기도 할 거야. 겨우 열다섯 살이니까. 하지만 서른다섯 살이 된다 해도 그건 마찬가지야."

보다 성숙하기 위한 사춘기, 그것은 어쩌면 십대의 일만이 아니라 성숙의 과정에 있는 우리 모두에게 해당되는 것이리라.

2007년 5월 모명숙

풀빛 청소년 문학 3

믿을 수 없을 정도로 멀고 놀랍도록 가까운

초판 인쇄 2007년 5월 25일 | 초판 발행 2007년 5월 30일

글쓴이 토릴 아이데 | 옮긴이 모명숙 | 펴낸이 홍 석
편집진행 전소현 · 이은희 | 디자인 서은경 | 마케팅 양정수 · 김명희 · 홍성우
펴낸곳 도서출판 풀빛 | 등록 1979년 3월 6일 제8-24호
주소 120-818 서울특별시 서대문구 북아현 3동 177-5
전화 02-363-5995 (영업), 02-362-8900(편집) | 팩스 02-393-3858
홈페이지 www.pulbit.co.kr | 전자우편 pulbitkids@pulbit.co.kr

ISBN 978-89-7474-998-9 43850

이 책의 국립중앙도서관 출판시도서목록(CIP)은 e-CIP 홈페이지(http://www.nl.go.kr/cip.php)에서 이용하실 수 있습니다. (CIP제어번호: CIP2007001548)

* 책값은 뒤표지에 표시되어 있습니다.